献给赤子。

沈偏徽 —— 著

北京日报出版社

图书在版编目（ＣＩＰ）数据

一十六 / 沈偏徽著. -- 北京：北京日报出版社，
2019.7
ISBN 978-7-5477-3435-3

Ⅰ.①一… Ⅱ.①沈… Ⅲ.①诗集－中国－当代②散
文集－中国－当代 Ⅳ.①I217.2

中国版本图书馆CIP数据核字(2019)第155691号

一十六

出版发行： 北京日报出版社
地　　址： 北京市东城区东单三条8-16号东方广场东配楼四层
邮　　编： 100005
电　　话： 发行部： （010）65255876
　　　　　　 总编室： （010）65252135
印　　刷： 三河市天润建兴印务有限公司
经　　销： 各地新华书店
版　　次： 2019年7月第1版
　　　　　　 2019年7月第1次印刷
开　　本： 880毫米×1230毫米　1/32
印　　张： 8
字　　数： 140千字
定　　价： 48.00元

目 录

前　言

中华文化源远流长，历经 5000 多年的发展，孕育了灿若瑰宝的优秀传统文化，诞生了灿如星辰的英雄人物让我们心向之。但是，这些优秀的文化，该如何继承与发展呢？马克思曾经说过，人类创造自己的历史，并不是随心所欲，而是在直接碰到的、既定的、从过去承继下来的条件下创造。对于中华民族优秀的传统文化，我们首先要传承，取精华的部分，然后在这些优秀文化的积淀上，学着去创新和发展，不拘泥于已有的，形成新时代、新形势下的新的文化力量和民族精神。而当下最紧迫的应属复兴国学文化，尝试用新形势新思想，实现国学文化"常态化"与"大众化"。

本文内容分为几个方面，第一，用散文和诗歌的形式生动地表达了对历史上英雄人物的怀念，再现了三国时期英雄辈出、群雄争霸的局面，歌颂了横贯古今的伟大的爱国人物的爱国情怀，缅怀了抗日英雄保家卫国的一腔热血，强调了对中华文化继承和发展的重要性，让文化之水活起来。第二，鼓励青年人要有独立的人格和思想，有朝气。磨炼意志，强健体魄，学习风信子的坚韧品格。并且敢于追寻自己想要的，不盲目服从，不贪图安逸，在该奋斗的年纪不要贪图享乐。第三，文中用现代诗歌的方式描写了许多的所思所感，这些内容告诉我们要学会观察生活，用心体会生活，任何伟大的文学作品都来源于生活，多思多看，才会有所得。

往事不可追忆，数风流人物还看今朝。当今也是人才辈出的时代，文化大发展大繁荣的时代，青年人要抓住机遇，借鉴传统文化的精髓，端正态度，与时俱进。要学会借鉴和欣赏传统文化的精华，传承并发扬光大。

人们说人生是一段旅行。看起来是连续的，但实际上是有很多片段化的故事瞬间组成。如果细思，这些故事似乎也不那么真实或准确。随着时间的流逝，我们会在这些故事中不断添加佐料，杜撰细节，故意忘记某些点滴……在我们人生最后一刻回首这一生，观看的那部影片，主角未必是自己。我们无法100%真实准确地记录这一生，甚至1%都做不到，但我们却神奇地铭刻住那些最重要的感受。有那么一些瞬间或泪如泉涌，或激动到浑身战栗，或快活如野狂人……我们3岁时的嫉妒、紧张、欣喜与80岁时并无差别。这本书里的每一段诗、散文、议论都是别人的故事，但是你可以试着在其中读到自己的情绪。在你人生的某一刹那，你与作者是如此共情。

王洪浩

2019 年 夏

我所有感事

秋　思

风的情儿　若个千人千面的姹紫嫣红
春托海棠　秋繁菊香
冬栖寒枝　夏隐荷塘
这长风　当是世上至幸的情郎

月的情儿　恐哄得不紧
将阴晴不定的月儿丢了
打碎肉身　散作琐屑
落成隔散人间爱侣的银河

我常见　相约桥头的男女

忿怨晚秋的寒雨　那样冷

逼退了哪家门口踟蹰不前的恋人

农家也怨　这样丰足的一场雨水

下得如此晚了　晚到

只配上　为处以腰斩的麦田送行

人们呐　请莫要对雨水报以怨怼

那是浮云　思念麦苗的泪水

秋多是愁节，人最是爱多愁。

——吃米饭的时候，可曾嚼出点苦头吗？

麻　雀

人们常高歌自由

诗人　以至臻的言语将她赞颂

画师　以无双的色彩将她绘就

罪人　于囹圄之中　载歌载舞

而我　在吞下母亲的浆果

依然选择自由

"不自由，毋宁死。"

——这是母雀在毒死她受困的雏鸟前，让它起码明白的道理。

空气清新剂

就算是你的气味，也无权——

你无权，无权！

湮灭这世界本来的恶臭的味道！

容许混沌中人纸迷金醉！

这世界的味道该是不怎么样的吧？

——体香浓郁的东西最知道这一点。

我是一团泥

我是一团泥

一团黑色的泥

藏在沼泽里

葬在山谷里

不在你心里

你是一片云

一片白色的云

醒在光晕里

醉在黄昏里

记在我心里

云泥之隔。

——愿我修成泥水，可堪照见天人之姿。

无题

我与人间就是一场单箭头

我对人间毫无兴趣

人间劝我多留几日

生活无乐。

——单箭头别扭，找些乐子图吧！

人间星云

我借只大力的手

将最耀眼的星球 捻碎

撒入人间烟火器

器中廉价棉糖吞吐

看方寸天地星云升起

云太高。

——不如棉花糖触手可及，甜甜软软。

顾

我曾喝干沧海水

亦也拨尽巫山云

却因没个可供回顾的故人

落得个

最终赖在花里没走的

垂老之人

"曾经沧海难为水，除却巫山不是云。"

——翻不过的，便搁着吧。书不是用来翻完的。

红

东方人偏爱红 无理由

新娘子的红盖头

红烛红花红灯笼

人间喜乐 尽承在一寸三尺红上头

我从前 不为之所动

直到 我的额头也委入那红布下头

点上红烛

手捧红花

擎起红灯笼

才知道 这段红啊

早就在东方的骨血里宛转了千年咯

··

最讨欢喜红颜色，四月一别秋月逢。
——昭愿此间新嫁娘夫妻和乐。

孤独

马尔克斯的遗言是

我的生命　必将荒芜

我有命敬谢草木

亦有格怜爱乾坤

却无命　分得爱人

- -

孤独是个终结量。

——等不到善终便是孤独。

认诗

诗

便是人沾了几分才气

摸起笔来信手泼洒

赏那纸卷几个墨点

只此一种

为我这无才之辈所偏爱

何必往那诗中讨个肝肠寸断来?

——"我本楚狂人。"

狂

我有命　敬谢草木

亦有格　怜爱乾坤

圈地自放　举杯邀月

笑揖百川　坐落荒原

我有胆　枪指黄龙

亦有志　笑访百川

山水为衣　天地成器

磨砺此间　仗剑一方

我有才　未报河山

亦有血　饮冰难凉

长枪磨砺　雁门初试

肝胆应召　不胜不还

为侠者，逍遥河山；为将者，万夫莫开。
——俱是男儿本色。

独处

我不忍看　春风吹裂了冬脸

我撕裂春风的战甲　撕裂春风

来年伤愈的春风

自远远的远方　避开我

却听闻

我死于冬寒

教人于天地一色中追忆、追悔莫及的孤独。

——这题目起得也不是没来由。

俗色

蝶栖花前
逐蝶山水云游

花盛月下
挽花多做停休

月照水中
看月随波逐流

镜花水月转。
——镜花水月一场空。

雪夜

我听见

脆弱的窗　痛苦地呻吟

暗巷里裸露的　旧窗破碎的躯体

不借白日温　不倚头午风

委作随夜风作态的软气

假作无辜云水

贪借夜半温　尽倚破面风

为冰　为刃　为刀

刺痛新窗无覆之躯

直至幼躯不支　四分五裂

再归于陌巷

目见陈尸。效仿死亡。

——向死而生。

酒不醒

我醒来　唇舌辛辣又甘甜
我与先人于梦中交杯——
杯中白云悠悠
杯中山水几重
杯中黄鹤又返
杯中春红匆匆

杯中有万物。
——万物不如酒一盏。

平等

平等？

你根本就不懂得平等

——你总是把负担丢给未来的那个你。

今日事今日毕。且放明日的自己快活些。

——轻装从简。

色

青天白日
太阳就跟没上色似的
我少年时曾金光昭昭
暮年时深沉如斯
最后却没了颜色。

趁年轻，多于和生活死磕上几年，哪怕拼个头破血流，也是
艳烈颜色。
——趁年轻。

盲

我摸着世界的棱角一路爬过
为人心的暗礁遍体鳞伤

生而为人，至幸，至不幸。想活好，但要记得一条铁律——
别怕疼。

愚者方
书犹药也
此药并无三分毒

这老方子好用得很。亲试有效。
——书中有女颜如玉。

书法

我看着你长大
看着你笨拙的一笔一画间
慢慢 长出了
洒脱不羁的游丝

方字初成，本性初露。
——为我。

无双之举

我偏爱世人

却独独对你薄情

这，也是一种独一无二

　　人就是这么奇怪——稍显廉价的爱意宁可不要，也要争个独一无二的唾弃。

　　——人多要独一份的。

无题

故人与敌人，一笔之差。

昨日故人可为今日敌人。

墨迹抹不去，故此定律不可逆。

——宁故人长辞，难承其反目焉。

刀

我见过太多太多 软弱的人

死鱼一般 不做挣扎的

横尸于

名为世道的刀俎上

一刀封热血

一刀剔傲骨

一刀挑坚筋

啊

快刀工下的烂泥啊……

来人 取我刀来

我自 敲打胸脯

一块块剜下颤栗的贱骨头

凭此成个傲骨名

烙在那世道脸上

叫后世来瞻

人活图个脸面也好，图个气节也好，哪怕是荣华富贵功成名就，那都有所图。非要论个高低立就，且摸一摸这把骨头吧。

——拥有一身傲骨没什么不好，既能人模人样，又能拆下来炖汤。

绿水

错了错了！不也是绿色的——
绿水的魂儿是白色的 像云
瞧 太阳过来了
那一缕一缕 湖面上睡起的
是绿水的灵魂罢？

夏日的湖上起了些微的白汽。
——绿水儿，当心你那魂儿不守舍呀。

云

云真是辛苦呢——

黎明一刻惺忪

叫娃娃挣脱了衣服去

赤条条的 跑至天顶上自己发觉

羞得可烫

云呐 这沉甸甸的衣物

硬拽起身子追上去

嘿！嘿！

娃儿别急着跑！

幸好

终于赶在娃娃寻个缝儿钻进去前

一股脑给盖上了

....

推被起，赐众生以赤光。

——如何料得，这却也是个丢三落四的娃娃？

戏文，文戏

及平生

山远漫漾徐徐炊烟，兰若古寺泛来阵阵旃檀。

"陛下，是来拜佛，还是来访媚娘呢？"

拂袖挥开一枝沾湿带露娇花，还叹纵然瑶台玉凤，也少不得向人觅宠光。

仿佛极想窥来，眼帘却不敢撩过五分。

不思量，自难忘。相顾无言，唯有，泪千行。

唯留他断脸苦水两阑干，两行清泪汇成一条清河，船上的是归家的人。

感业寺与大明宫，不过一朝一夕，是为无常。

同等的，王氏与萧氏的宠辱也是无常，既然那般愿意醉生梦死于旧年初承新恩时，便叫你二人醉烂到骨头里。

无常无常，这人世便是由无常建立起来的。然，若无永恒的照耀，无常的人间哪里能够生生不息？

你李氏的天下，一样无常。

"陛下，真乃贤明如当年。"

昔年多情少年的双鬓已染上白霜，面对二十年阴阳，竟无言以对，只能顾左右而言他：贤明如当年。其实，哪里还能真如当年。

二圣临朝又如何？这天下还是他的天下。

又是十三年，这十三年并没有什么不同，朝堂之上尔虞我诈勾心斗角波诡云谲，后宫之中前有骨醉后无来者风平浪静。

不过今冬的风，甚是刺骨，叫人心凉。

却正是我炽热的年纪。

"岁月这杯酒，朕先干为敬。"

"愿致峥嵘。"

无矢唇弓勾作新月一轮，屈扣指间，如抽刃出鞘横斜三分，饮罢掷碎空杯。自饮自酌，一缅故人，二祭李唐，三敬无常。

罢太子废储君立新王，一波三折，这天下终于入彀武氏，如我所愿。

君埋泉下泥削骨，我寄人间雪满头。

一把白头的年纪，却如了我红颜愿。这无常，无乃长了些。

瑶台玉凤，怎可安于栖梧桐之上？

更名为"曌"，国号为"周"。

这天下，终于让我愿意正眼看看他——我武氏的盛世江山。

感业一段随风逝，不梦闲人不梦君。

活水

这传统文化走得像水——淌了几千年，都平平顺顺地过来了。到了现代时，百年的波折都快赛过先前千年的积淀了，激流冲荡着——这水要往哪儿淌，便成了问题。

显然的，从前的路数走得不大顺畅了，那怎么办呢？

我还拿这个例子——这水里的东西太多了，老祖宗留下的宝儿都滋养在这条水里——典故史传、诗词歌赋、百家学说……这些历历旧事，在那个他们时代铿锵出世，携变色风云而来，却在时间消磨中温软了性格，亦柔亦刚地流传至今——温柔了性格，却不是没了性格，这又是我们的文化与水最根本的不同——这时代的狂沙烈日要它消弭，它便不。

所以要它自个儿绝了道，停在那儿，且做个"过去式"，是没怎么可能的。

又要我们怎么办呢？

有人说，一人一口分着吃了，便行了。

这不成——这国学之水整个看起来像锅汤，但汤水都是有沉淀的，且越往深处沉积得却多、越浊。这沉淀里不乏糟粕，且都相融于一处。要令学者们像分蛋糕一般，各自进行各自的，大抵行不通——我没见过能将一碗水挖出个洼儿来的，因为水是互融互济的，不可能一刀子下去割开来。因而要研究这一方面，必定也要涉猎其他诸多方面。且国学人才本就不是就单一门类而论的，国学本身亦然——就如礼乐互为表里，相辅相成，不可单执于礼，更不可只浮于乐。你老执着于这一层，晾着的那一层便会无声息地干瘪了，这本来鲜活的东西便失了活性，可便无意思了。

对，活性——国学文化是人传下来的，诗词歌赋是人来吟诵，这礼仪风度一样要在人身上得以体现。因而我们的国学文化长河也蜿蜒如人之血脉，曲折徘徊于这千秋万代的大国血脉中，世世流传，生生不息。我们的血既是温热的，那么国学之水亦将澎湃不息。

这国学之水不绝，我们也不应更不愿它绝了道。那如何将这倔强的古水好好安放于现世呢？要疏浚这么一条活过了千年又具有魂灵的长河，可没那样容易。

这就要求我们当下的国人们要有些可敬的特质——

这一来便是"爱"。

爱分许多种，由爱生出的东西也是名目繁多，其中最具有分量的便是"使命"二字——既要传承，先要有使命感。使命二字不是死盯着，口齿一张一合来回几下便能成事的。这东西真真强迫不来，因而先要有"爱"——爱能造就一切。真挚、热忱的深爱更是许多力量的源泉。好比说当代人，你与他论中庸之道，他大抵是不爱听的——当下的人们，尤其是年轻人，主张追求个性，而不是"道"。那么好，便与他说些有意思的——好比同是魏晋名士，我与同窗讲到《广陵散》之事，大家多不会也如我一般酸了眼，只因他们对嵇叔夜这么一个人还没有"爱"，还觉得遥远，才不生疼痛。可我讲的若是"扪虱而谈"的故事，大家却是笑作一团，还要忙问我这位名士姓甚名谁——这便是大多数的当代人，爱听故事，好笑语。这也无不好处——你大可与所有人讲些有意思的——像是以"孔明三气周公瑾"的故事作引，就远胜过直讲三国衍变；以说客们舌灿莲花的本事为题，就比干说战国各方立场变迁有意思多了。先使人们"爱上"，便可见他们的传承使命悄然生出了。

这便是国学的"活泼化"——先将人们脑仁儿里头根深蒂固的那些个国学代名词——古板、迂腐、无趣、过时、老掉牙——统统破掉！

这听起来有些新颖，甚至有些晚生狂言的意味，其实不然——我也是真实地爱着这些妙趣横生的往事呀。

这二来，叫做"敬"。

对国学、对传统文化之爱，应该绝无有半分亵玩之意。这国学的骨，到底还是一把铮铮傲骨，傲立于世，几千年来不动不倒的——"安能摧眉折腰事权贵，使我不得开心颜"，此乃才子狂士之傲；"人生自古谁无死，留取丹心照汗青"，此乃大汉民族之傲；"犯我中华者，虽远必诛"，此乃大国威武之傲——正因这身傲骨与撑起这身傲骨的过往，才是国学文化更似一个高尚灵魂的完美融合体。我将它拟作条河，那要胜过黄河千倍见识；说它站着，那边没有哪一座山比它高大，更没有哪一个人较之更为挺拔的——它似位不道姓字的师父，以万宗卷帙指点、教导着每一个国人——那是润物细无声，无声胜有声的教诲。要领会到这一点，应当是在使命感生成之后的，有了这一样东西，才算真正地与这样一位老师见过了面，入了门。入了门便是一生修行。

如何做呢？我想我已是晚了——我自十五岁时才初次对国学产生"爱"，前十几年光阴，我竟都未对此有过些成型的概念，但当代人们大多如此，将"本"的、"师"的东西搁下了——这"敬"是骨子里的，也是要时间去成型。因而，我们年轻人大多都需要一个引路人的——我们的引路人一样需要他们的引路人，他们的引路人一样再需要引路人……这又是人之传承了——我们就要将国学这样视若珍宝，代代相传，将其作为每一个中国家庭的传家传身之宝。而我们所有国学爱好者与学者，接下来要做的便是推动中国家庭接触国学，进而爱它、敬它，将其作为规范自己行为与指导自己处世的严师，心怀敬畏，代代受之教诲，方能薪火相传。

这便是国学的"具像化"，这要学者们将国学生动鲜活的"具像"塑造起来，让人们得以捉摸，得以受诲。这比让人们学会"爱"国学要难上许多。因而这也如愚公移山，需要一代又一代"国学者"不懈地努力塑造。

这三来，叫做"存"。

国学本是活水，无论如何疏浚，如何谋计，都莫要忘却了这一点。

这一点相当灵活，是年轻一辈也出得上力的——常有三两中华经典在手。燥时读，可沉心；寂时阅，可润目。国学经典不只是一个国家的血肉，也更是我们华夏子民的定心剂，是我们患心病时的一味良药。而要喝得惯这味药，在年纪尚轻时便要饮得下才是。

将这药喝得甜一些，怎么做呢？

近来刮起了一股"汉服热"，不算来势汹汹，但足以见其长势。今年六月时，正逢一密友生日，我们几个便临时起意，身着一身汉家衣裳上了街。霍然的，各色不同的目光都聚到了我们身上，这是我们预料到却也在接受范围内的。

我们被认作日本人与朝鲜人，这倒叫人有些心凉，原来自家人大多不认得自家衣裳。却也有些年纪更小的娃娃，会满眼好奇颜色地来瞧我们"各色"的衣裳，也有年长的奶奶来问过我的衣裳是在哪里裁的——此时我们不应当说教，而是以柔和的方式，使人们知晓这华服下的分量与深沉——

这是我们中华民族自家的衣裳。

不止大街小巷，连国际 T 台上都刮起了"汉服热"——在我眼中，东方古韵之美永远胜过现代浮躁的美学观念。

我也正着手策划着一场汉服秀，就借着我校文艺汇演的良机。我取的名儿为"汉色"——汉家颜色。

我也想凭我与同窗之力，在校园里刮起一股汉文化之情怀。让汉文化就这么令人耳目一新，却又不喧哗地、安稳地存在于现世生活里，生生不息。

这便是国学的"常态化"与"大众化"，虽说实行起来简单些，却也是国学文化复兴大业之中最能体现实践精神的一步。

说汉家衣裳便有如此之多，更不必说当下凭借当代人的创造力，能使国学文化新生出多少明艳的花儿来。

不少人责我折腾，但要这国学之河活起来，可不就得喝这水长起来的鱼儿没命地折腾嘛。何况如此，不也使我、使仍然爱着国学人们过活地更有意思吗？

国学之河滋养国人千年，如今明明灭灭之时，惟要我辈心存敬爱，予之新生。

千年以后，自这长河中再鞠一捧浅尝，依旧甘甜。

窗

这暗无天日、仿佛无尽高的孤楼里，空气大多是死掉的，活着的像是瘫子，抽搐着动弹两下，迎合着孤独地呼吸着的那个，早已老去的孩子。

——题记

孩子依稀记得，母亲将他引入这座塔楼之前，他曾在那道孤独的门前仰望塔顶——最顶上是第十八层。

他自出生时第一眼看到的和现在头顶上的事物相同，不过那时候底楼的窗子是大开的，日光裹挟着绒毯，受男女主人的盛情而来——那是婴儿目中所有的光，此后只尽消磨，直至黯淡干涸。

人们赞美着孩子眼中使人艳慕的灵光——他们个个目色浓重，仿佛掀不起波澜的水洼——一切早已注定。

孩子晓事以后，时常觉得只有自己一个人住在这座楼里——这楼里的欢腾于他降生时达到鼎盛，此后一日不如一日，往后则逼近沉寂。房子里有相当多的东西，一切阳光下见不到的，此处俱有。于是他蓦地生出一阵没由头的恐慌——他已有好些时候没有听见过风的沉吟声了，这屋里也不复往日温暖。他想起那扇窗，他迫切地想要去亲眼确认那扇窗是否仍是开着，转身却险些撞上一道铁门，漆成黑色的栏杆，一道一道，像是审判重罪犯人的条律，冷冰冰地扎在地上，将孩子心里那没由头的恐惧扎破，滴滴沥进血液里头。随着孩子的渐渐长大，再没可能收回抑或吐出。

"这里的一切都是对的，爸爸妈妈都为你安排妥当了，你要相信爸爸妈妈。"

惊吓中的孩子被这一句话稳住了身型，因而也将这句话奉为箴言。就连父母忘记了为他穿上鞋子便令他开始这场必有结局的攀登，他却没有一回觉得费解。

孩子想要迫切地找到下一扇窗，于是便开始了永无止境的爬行——哪怕是向上的，也谈不上叫"攀登——他对顶上的东西尚无半点构想，他连自己是在向上爬还是往下滑尚且摸不清楚呢。他只顾盲目地记忆着铺排在阶石上的绒毯的纹路，他觉得这做起来较为现实，仅此而已。

孩子赤裸着双脚，踩在柔软的毯子上并不觉得不自在。在日复一日的攀登与停驻中，那句话自然而然喧宾夺主地咬在了孩子的耳朵上：

"爸爸妈妈是不会出错的。"

估摸是第六层上，孩子终于在几近筋疲力尽之际获得了救赎，本已略显暗淡的眸光亮了几分。不堪其重的双腿在这一刻得到了超过半月的休养，仿佛这短暂的精力修复只是为了这一刻门窗的大开，此时的孩子虽尚不明白这扇窗如何意义重大。但凭人类与生俱来的直觉，孩子就几要断定——这扇窗后定有、定有……

书中所述的，不一色的花儿缀满枝头，红枫的叶儿垂系于丫权上，锦绣一般好色泽的草地，三两飞过的剪尾的燕子，石桥与流水，树下盲乐人拉胡琴的音儿，蝉鸣声，风走林间簌簌的声响，邻家孩子的欢歌笑语，满天跑的、搅在一块儿的风筝——窗外应当飘着雪，听说雪是糯米那般的颜色，那么会是同糯米一样的味道吗？糯米和白米当是没多少区别的吧？听说雪轻得似棉花，那么棉花又是什么模样呢？孩子摸着自己的棉衣，想着弄破它——却也只是想想，马上就能真真切切地触碰到了，挂在天上的雪——

什么也没有。

有的只是一条路，一条业已铺好的道路，不容更改。

路的尽头，是孩子笑意盈盈的母亲。

这条路再没有别的什么可能——一路上有的比房子里头

的更无趣。要想自这一处出去，只得两眼一闭跳下，接着拖着一条瘸腿，颤颤巍巍地走完这条路，然后心安理得地迎来母亲满意的笑脸，就这么到了尽头。

年幼的孩子对于"尽头""结局"一类字眼莫名地抵触，只是僵在原地，为这要用一条腿换来的局限性的自由感到不值。可也就在这时，孩子看到了母亲诘责的目光——孩子最能明白母亲脸上的微妙变化所昭示的含义，因而触动最大。母亲似乎不满于孩子对自己沥尽心血铺设下的道路的犹疑，她的目光转而化为一股使人难以舒服地接受的热切——她理所当然地认为孩子最应该接受自己为他铺设下的经得起考验的一切。

孩子为母亲目中奇异的热切所逼，他同时直觉道——跳下去，便是结束了。

"我的孩子，你是我的孩子，你不可以违背我。"

但此时他还不想结束。于是，他关上了这扇窗，又一次往上走去。

心有余悸的孩子在往后的几层中都没见着什么新鲜的东西——他掀开厅中钢琴的琴盖，里头没有藏着温热慵懒的猫儿。他将书架上的书本一一掀过，没有哪一页里夹藏着秋色。孩子看见书上诸如"酸甜苦辣""五味杂陈"一类的成熟字眼，只知是味道，便俯下身去舔舐那段文字，却无味。

孩子不甘于寂寞，于是偷偷将书本里的书页撕下，想要叠作书中名为"蝴蝶"的美丽生物，却只能做出个干瘪的、背着三把蒲扇的东西——塔外的人如何都不能将这丑东西与蝴蝶凑成对儿。孩子却乐此不疲，他以这单薄的"创造"来慰藉孤独，造出无数难以与现世挂钩的生灵躯壳。这些最终都被母亲付之一炬，化成的灰又成就了一番孤独。

于是，在孤独中，孩子学会了很多很多使他不解的东西——他练就纯熟的古钢琴，尽管那暗哑的古老调子并未多给他半点快乐；他在这个尚不知世的年纪里出口论语，入睡前口中还尽是晦涩的古老篇章，孩子却也不懂写这书的人究竟在什么样的环境下发生如此思考；孩子嘴里时不时还会蹦出一串的外文字音，在空荡荡的高楼里弥补着早已遗失的轻风吟唱——孩子习惯了孤独，甚至享受着这份孤独，他依然觉得母亲的笑脸才是最难以承受的东西。他从未受到的喝彩，终于在这时出现。

"这才是我的孩子。"

孩子并不欢愉，却觉得自己好似就应该为此表现出开心来，于是他笑，看起来那份开心胜过先前的任何。

孩子开始渴望一些什么别的、更新鲜的东西，却总是求而不得——这里有更上一等的古钢琴，每条腿上的雕花都无半点瑕疵，却没觉得如何使人赏心悦目抑或是欢欣鼓舞。

孩子开始学着不急于向头顶上拼命攀登，而是驻足观望周身——这几层的陈设一层较一层"有品"——这是母亲所教的话，尽管她自身也不是什么鉴赏家。台灯灯柱上头雕画的人都不耐看，却依然受人追捧。

孩子的心头生起更多层层叠叠的悔意——此处只有更多令他所费解的事物，装帧华丽胜过维多利亚女王的盛装。给他留下印象的人们大多不是现在仍然生活着的，因着书上的大多是故去的人们——他以为那书过的比自己更不自在，披着别人为他择选的华美外衣看似漂亮地活着，可若要没有自己这个同等孤单的傻瓜，却也只有落灰的份儿。

孩子终于背负着满身的不可承受之重抵达十二层——每一层入口的那道门都如先前见到的一样，且一层较一层更为寂静。

只在同一时间，窗外什么东西落地的重击声使孩子的呼吸为下沉了一瞬——他记得的，距他不远处的另一座高塔上也住了人的，是比他年长些的孩子。于是窗外传来怎么也听不足的哭笑相杂的怪声——他从未听过哭声，这太新鲜了！这股新鲜足够他这一月的生活丰富许多了。

"为什么要跳下去呢，就为了那么一条无聊的路？"孩子觉得不解，又觉得好笑。孩子此时觉得自己是胜利者，是新窗口的发现者。

第二扇窗——孩子心中的雀跃像是要将这十二年来零星的欢愉抓成一把狠狠掷入火中，使之燃烧炸裂，迸发出足以重燃目光的火花。这是转机——孩子这样想着——外面的世界与未来的路上都是新鲜与美好，书里写的鸟鸣声一定比古钢琴的低音悦耳许多，天上的星星也一定较古籍中单薄的字句更迷人耀眼，一定、一定！很快、很快了——"手可摘星辰""满船清梦压星河""竹外桃林三两枝""霜叶红于二月花""沅有芷兮澧有兰"——这样多的、书中描写的单薄暗淡的星儿、花儿，马上就会在自己敞开的怀抱里鲜活起来了——

孩子的怀抱落了空。

这一幕与在六层时的短暂停留似曾相识，相对先前的光景，此时孩子从更高的地方俯瞰下界——一条妥当的道路，路上没有自己想要的任何东西，任何。

孩子目光又一次黯淡下去，像是晒褪了色的黑釉，因沸腾的血液于此一瞬的冰冷僵硬而挣扎出了些许裂口。他明白这一条路不过是增添了些许繁饰的上一条路，又再一次拿到他面前，要他跳下。

孩子不受控地往远方看去，道路的尽头——

母亲依然站在那里，却不见父亲。母亲的眼神由期盼转为幽怨与乞求，那眼神使孩子颤栗——"我没有做错什么"。

孩子唯一能想出来救赎自己的只有这一句话。于是他一次关上了这扇窗，紧紧的。

孩子在决绝地推上窗户的一瞬在母亲的双目中得到了某些回忆性的启示——"我们从不出错。"

如此矛盾！

孩子裂开的瞳仁里冒出类似当年的悲哀的恐惧，他对未来的向往从未像此时这般毫无滋味。他的矛盾与孤独更深，也不惧于将这份外露的恐惧留给下一个道路尽头的人。他年纪渐长，开始思考自己为何而孤独的活着，能够想到的答案只像这样——

我应该活着，没有理由的。孩子这样想。

孩子于是顺从母亲的意愿，仅抱着最后的一点生活的愿望，做着自己从来就不曾装在心里的事——他继续弹他的古钢琴，却从未同邻家的孩子们于春至时一同唱支歌儿；他继续啃着味同嚼蜡的大部头，也从未听过美妙的童话；他样样出色，却从未真正走入过春色；他在书中为秋色的美所惊羡，却还未拾取过一片秋叶。

他开始写作，因为那是读书的人必定要做的事——他却觉得这十余年看到的所有东西都不是自己的，他拿不出来半点用，秀丽的字体描摹不出半点有味道的东西，干丁巴巴的，一叠一叠的纸张与没动过前只徒增了墨味儿。

到最后，枯涸的笔再也写不出任何东西，明明那里面的墨水还很多。

十八层，没有光。

孩子想着，自己如此顺从母亲的意愿，母亲会不会给予自己一点奖励？——哪怕是在路旁，对，一定会有一条路，栽种一棵杨柳？不，哪怕是些无名的野花呢？哪怕这条路上泛起些微的花蜜的香甜，哪怕是风自别处偷来的呢？——这都无关了，孩子只想要些新鲜的、自己喜欢的东西，别无他求。

他推开了窗，最后一次——

孩子首先往路的尽头看去，母亲依然在那里，她目中的颜色，与自己相差无几，且她目光里的怨意几经飘打，最后沉了底，没有半点活气。母亲的双眼里就像舀了两勺臭水填上，人世间最不值钱的愤怨与怒气发酵着，使孩子眼睛生疼，裂口又深了几分。孩子急忙往近处看去，那条路旁的地面尽数裂开，除却眼下这条路，他无路可去。

孩子直觉自己不得不在这里结束攀爬，尽管这座楼里没有半点光，但无疑下面的世界更可怕，因为从未接触——尚未触碰它的美好，却要面对一切丑陋。呵。

天阴了过来，孩子不必再关上窗了。他任凭外面的阴风将昏暗的屋室搞得一团糟——怕什么，这是新鲜的。

孩子终于发现，这就是自己一直在找寻的顶层。可这是什么呢？

他垂眼盯着自己赤裸的双脚，仿佛在那一瞬间通晓了许多熟悉字眼的深意。

孩子纵身跃下。

母亲在道路的尽头流露出了僵硬的笑脸。人们听到细微的破碎声，有什么东西碎掉了。

孩子在这条注定的路上长成大人，做了新生儿的父亲。于是他不受指引地开始着手建造一座新的高塔、新的窗、新的道路。他仰望着尚还只有骨干的顶——他看到了顶上是玩笑一般的周而复始。

孩子们在孤独的世界里成了孤独的尸体，干枯老去。

——后记

我生君未生，我生君已老

悲呼风兮，城郭阴雨，淫绵霏霏，数日难息。

公元 223 年 6 月 10 日，白帝。

荆州已失，五虎上将已折其三，风雨飘摇的蜀汉集团再无法穷兵黩武，征南闯北，甚至能保得蜀中，就足以让苟延残喘的蜀汉将领及平头百姓欣喜若狂。

氤氲木香犹未散，峥嵘岁月已泛黄。

甚至堪比，不，是胜过赤壁那把大火，此回的夷陵之战，也只容我等道一声："后生可敬。"

就好比一场功败垂成的战役，古来主帅与先锋将领，是从不可喊"降"的。

总有那几个人，是不认命的。

季汉，从未叫降。

灯火如豆。

于偏殿中颇是分身乏术地批着一叠接一叠的阵亡将者兵士详录，有名的，无名的，见过的，没见过的，屡立战功的，闻所未闻的……

如今看去，分明都是大汉的人命。每一列，每一格，每一字，每一画，都是汉家忠魂的安宿。

一笔行草劲手杀出，朱砂蜿蜒押折出狰狞痕迹。

恨不得一笔拨得江东如此。

"来人。"

"都拿下去吧。"

蜀汉能否有足够的钱财去抚慰亡者家属，这是想都不敢想的。即使才敢去着手落实，却又有迎面砸来更不愿面对的许多。

欲灭油灯，才见灯油已尽，青烟早散了。

闻侍者话罢，心下了然，现下不是乱的时候，也决不容人乱。若此时尚都稳不住军心民心，又如何承得起他给的相位？

执扇抻衣起身，直往人寝殿去了。

扇骨触手生凉，却不如往常定心。

跟了我近三十年，你也老了啊。

"参见陛下。"

听人要自己坐回去，也容不得再搬弄那套君臣伦理。古人有云：正声雅音之态，勿施于焦头烂额之时。

啧，脑子里怎还净是这些个三纲五常伦理道道。

"陛下，何事？"

手上僵了一般，再不似往常，无论多么匪夷所思抑或兵燹之急兵临城下，这羽扇只轻轻一带，慢摇几下，便可妙计同出。

愈来愈僵了。

闻人所问，将羽扇贴腿搁下。

"回禀陛下，兴许是白帝的风更冷些，臣这手上还未暖过来，不碍事的。"

被人戳穿了这层，也不再隐瞒。许是上了年纪，道起往事来，竟也不输于他了。

"隆中一席谈？臣自然记得，记得当年……"

"赤壁大战？臣也记得，当年与那江东周郎同出火计，借那东风，真是畅快……"

"是啊……幸得子龙将军忠勇无二，至今仍追随陛下。记得当年陛下初封五虎上将……"

"长坂坡？常山赵子龙单骑救主的故事，前些年臣还给阿斗讲过，不知陛下可还记得当年子龙拦下孙夫人二次救主一事？……"

"荆州入毂，臣记得应是……"

"……"

君既弗死臣不弃，天南海北共君依。

"若无陛下当世明主，我诸葛亮空有一腹韬略也是枉然。人人都道鱼离水丧命，却不知水中无鱼，纵天降甘露也与一摊死水无异啊。"

后来为世人传唱的白帝城托孤，便不在此多言。

不过那末了的一席话，后世怕是无人能知无人能晓了——

"陛下，你万万不可！"

悔不悔？若问此话，臣定无悔。自始至终，无怨无悔。

闻人此话甚有颓意，倏而起身向人一跪一磕：

"这二十年，不是陛下欠臣的，自从十七年前追随陛下以来，臣何来'悔'字一说？"

"臣同臣身后的蜀汉群臣、大汉百姓，同这天下人一样——追随陛下，无怨无悔。"

我心非石不可转，我心非席不可卷。

豪言壮语讲完了，那伤风便来收了它。

二十年，二十年的鸿沟啊。

南阳一遇，他正值壮年，而我时年二十七，风华正茂，怎料想又一个二十年袭来之时，我如他正值壮年，他却苍老的连那十二冕琉都撑不住了。

恨啊。

君生我未生，我生君已老。

闻人语唤，扬眸视之，静听人语毕，苍老沙哑的话音，全不似隆中时的他。

此时，脑中却全是隆中一对时他的一言一辞。

"陛下，悔什么？"

闻人耳语，只紧握住人掌。

"臣也悔极。"

"陛下，臣定竭肱股之力，效忠贞之节，继之以死。"
承君三顾，遂许以驱驰一生。

亮定尽此生，力保大汉江山无恙。
这汉家的天下，我与这蜀汉子弟，都会替你守下去。

后来，他最后的耳语总被幼常等人问起，我也只一笑了
之。既是耳语，他定也不愿第三个人听见了。

这句话，亮会记得比那时候的任何一句话都清楚，都刻
骨铭心。

"孔明，我刘备此生至此，从前也有料到，也悔、也恨。
我恨啊，恨老天在你我之间扎下的那道鸿沟——
此生独恨，我生君未生。"

"臣也恨极——
臣恨，君生我未生。
我生，君已老。"

说书人

大清无名年腊月，京城城南。

"君可知，二十年前大清围棋界两大泰斗都为何人？"

闻一小女童答得飞快，又看见那口齿漏风都未开开的黑褂铁拐老叟只忿忿地敲着拐杖，只和着满堂听众一笑了之。

"好不聪慧的小女娃。正是此二者。某再问君，这'南施北林'，究竟谁才称得上大清第一国手？"

把那黑子往弈楸肚上一磕，那棋子儿尚未端坐下一息功夫，便要为那满堂哄笑颠了三颠。

"客官莫笑、莫笑。您可有所不知，这'金角银边草包肚'是不假，可当年大国手便是以这'草包肚'相佐一招镇神头，叫那日本棋手是丢盔弃甲，城池尽丢啊。"

将那醒木夹着抬起，在空中停了不过一息，急落直下，往案上这么一拍：

"哎，客官莫急。若真要这么完工了事儿，那'大国手'的名号，可有那么点徒负虚名的意思了。"

"再说那日本棋手宛田，这才明白过来何为'高者在腹'——就如，那不按常理出牌，却能对战萧天佐大破天门阵的杨家女将穆桂英。糊了个借口暂时封盘，回到住处与那群东瀛棋手口沫横飞地论道了一夜。您猜怎么着？——这伙东瀛矮子最后商榷出个硬着头皮拼了的好法子！"

又惹得满堂哄笑，合掌、呛咳、拍膝声不绝于耳。眼看瓜子皮儿掉了一地，替那看客口干一般地往自己口中续口茶水，咂咂舌：

"可咱的大国手岂是那么容易被他'拼'过的？又一招妙手，直扼白子咽喉，那小白老鼠便再也动弹不得。"

假握自己脖颈，半吐三寸舌，手上一抽一抽的：

"呃啊，动不了了。"

果不其然那底下又笑成一片，跟老和尚撞钟一样没完没了，才不得已收了玩笑复又一拍惊堂木：

"停停停，正到兴起的地儿呢，客官您可别听漏咯。"

这又执一白子，支棱着无名小指，在那黑子周身转了一遭，看似无心的一摆：

"这宛田实在没招了，怎么办呢？好在这宛田出手阔绰也是个肯破财的主儿，置办了些好礼，屁颠屁颠地去拜会了那'南施'——施恩。"

"再说这施恩——这施恩平日里与大国手林海交情甚好，这关键时候却站错了队，将那救命的解药'鼻顶'，愣是给人宛田盛好了端上去——就等那宛田次日在咱林大师面前'津津有味'地嚼吧嚼吧，颇是轻巧地破了这苦了他好些天的'镇神头'。"

"您说气不气？"

气是看出来了，又被听者嫌磨蹭，连连催促自己"快讲快讲"，面上刮过阵窘色。三拍惊堂木，一侧身子，手附罐口。

"莫急、莫急，这最妙的地方可要来了。"

故弄玄虚地又低头啜口茶水，眼皮子一翻瞄了这满堂听客一眼——哟。这要再不讲，怕是连半个赏钱都拿不到了。

信手拈一黑子儿，往那白子头顶一搁：

"阆阆——"

"林大师又出奇招，打得这宛田是节节败退一退再退不能再退了。本想明摆着斗也斗不过了干脆认输也好，输给这等绝世棋手虽败犹荣，却在此时 ......"

黑子白子胡乱抓把，全凭悟性往棋盘上一一落下，至掌中子尽，这一抓却如天缘机巧一般——黑八白八。如此，这棋盘之上黑子共十白子总九，又轮到白子。

"'轰隆——'一声，一道响雷劈下来，吓得这宛田儿近魂飞魄散呐，这手上一抖一僵一恍惚——那白子儿竟自他二指之间堪堪掉了出来。"

说到此处，两指夹一白子，佯作讶然。

"当啷——"

那白子于棋盘上打了个转转，趴到了棋盘上抬不起头了。

"投子认输。"

投子认输？

"哈，客官可莫信啊，某方才跟您闹笑呢。"
"您仔细看。"

细看这棋盘之上，那白子儿掉的地儿正断在黑棋筋上。有此一断，两边黑子，必死一块。

"大概就这么个情形。这不，也不知这宛田祖上三代如何的行善积德，老天都下个旨意助他力挽狂澜。这一刀砍得好啊，就跟那天上的雷似的——天公不作美哟。"

"这一下，大清子民凡心系大清国格的，同林大师一般郁闷得很那。您说说，大清的天竟还帮衬那东瀛来的外客，您说气不气，气不气？"

把惊堂木往案子上拍了第四拍，仰首低眼者谦谦堪堪一个亮相：

"这老天爷终是没斗得过大清的大国手。"

"这林大师不甘就此输了，关门避客三日三夜，食不甘味寝不安席，三日后方才出了自家大门，与其夫人叮嘱二三——直往那棋局室去了。"

"只见林大师抻袍立领堪堪落座，胸有成竹地夹起一粒黑子，却落往那边线上一点，看似是垂死挣扎，却恰如一支破风箭，直刺白营腹地。"

又取了一方黑子，劲手杀出，落至边沿。

"此法名为'小尖'——一石三鸟，解危倒悬。如此一手。那宛田再无还手之力，黑方之胜，已成定局。"

"却气得那宛田口吐鲜血，染了半边棋盘，就如这黑白厮杀所流。那裁判也吓得够呛，争着跳出来，美言之'此局胜手，呕心沥血，永久封盘'。"

"啪"地一拍那醒木，向众人拱手欠身，东、西、中各一礼。

说完了。

堂下喝彩声与那铜板相击之声不绝于耳，又连连拱手致谢。

看客人差不多走净了，才收罗着铜板子准备走人，却被那老叟拉住一顿发问——

"哈，您说突然跳出个'夫人'？"

"您问嘱托的什么？"

「"儿啊，听娘一句劝，现在那帮东瀛人越发猖狂，是万万不能惹啊！你爹生前郑重其事嘱托我莫要你与妹妹学棋，你万万不可——"」

"哦，兴许是林某添油加醋了，老先生可莫要挂在心上。"

"对了，晚辈还有一事请教——某听闻那日本棋手宛田的长子前几日到了京城，欲与大清棋手一较高下，可有此事？"

得人确认后，又向人深深一揖：

"多谢老先生指点。"

收罗好了今晚的收成，托掌中颠颠，颇是压手：

"不错，足够花到城中了。"

"爹，莫怪孩儿不听爹话。"

林家人，断不能一辈子只做个说书的。

描　贼

灯火如豆。重掌了半盏红烛，以掌抱之。火苗东西摇摆不定，久久不蹿，觉门外风声不同往日。掌半面铜镜转手视之。见二三残影飞掠梁上，收手而仰目以视之曰：

"来者是客。某有失远迎，罪过、罪过。"

听罢其中一人所言，抚弄剑柄的手形稍顿，接着屈指敲打着走到剑身：

"盗王？某才学不济，曾见古书有云'春秋有三盗——微杀大夫，谓之盗；非所取而取之，谓之；辟中国之正道以袭利，谓之盗。'不知阁下说的是哪一盗？"

长太一声敛目抚剑，玉案上分明三道寒光交叠，如此刀法却叫自己失了大半兴致。撤手移上笔架，凭心取了支工笔，扶袖蘸墨，拇、食二指搓玩笔杆许久，才于莎纸上草草画了三头硕鼠，肥瘦体态各不相同。先起笔的那一头极瘦长，安安稳稳地趴伏在底下，四肢舒展作拜倒状；再一头就肥头大耳，仰面躺在那头一只背上，那一只耳朵足有半个脑袋大；许是来了兴致，那后一只尖嘴歪牙刀疤脸，张牙舞爪地坐在第二只肚皮上，细看之下，这一只尾巴翘得老高。到此便搁了笔，端详几许又觉空荡，又提笔书四字曰："梁上君子"。

"阁下自诩盗王，常年出没于这月夜萧风之下，相比眼力甚佳。不知可否高抬贵眼，瞧瞧某的笔法可还纯熟？"

果不其然那人为自己一番戏弄气恼非常，不管不顾地横刀往颈子劈来，电光石火间拨剑纵挡于颈侧半尺处，无意挺剑出鞘，歪过眸光相看那长刀片刻，又收回眸光，自上而下掠过纸上三只硕鼠，闲手虚托着下颚，佯装考量许久而后言之：

"看阁下这急性，当是最上头这只不错。某实在不济，竟没瞧见阁下只剩了半颗门牙，得罪、得罪。某这就重新起笔。"

言罢刚要掀去这层纸，脸侧寒光乍现，原是自己差点忘了右手这茬儿。那与自己刀剑相向的复取了匕首往自己双目狠命刺来，不动声色抬笔挡住，长剑借势一转剑鞘猛击其颈侧打翻在地，垂眼视之，竟已昏死过去了。再看那二人，真当如见了仓管的硕鼠一般仓皇逃窜，夺门而出。自然是被潜伏门外候命的侍从吹灰之力拿下了。

那二人跪伏着被拖到自己跟前，细看二人相貌，敲敲笔杆指了桌上已然风干的画像：

"啧。这两个好歹没画走形了。"

收了玩笑的心思，将吃满墨汁的笔头伸进洗笔缸，一边搅弄着一边对那领头的侍从言道：

"这三位胆敢到本居来舒活筋骨，真是壮士，下去以后好生招待。"

忽而停了手上动作，眸光上移，因着台前瘦弱烛花似有火光跳跃，对领班示意道：

"斩草除根。"

待杂人都散尽后，复视那一缸涮笔水，已然与墨汁相差无几，深不见底了。

而那笔尖，却与先前纯白无二。

秋　水

剧中人物

解秋

江镜水

任元爻

李长风

苏蕾

山室嚣

汪人美

卢修

罗枝

开场念白

人常说，秋是萧瑟的。但秋水不同。

你瞧，秋水中养肥的鱼虾膏蟹，都无比丰美。

第一幕 第一场

念白 三年前——

（解秋、江镜水、任元爻、李长风上）

江镜水 长风，这一路艰险，多加小心。

李长风 这山重水隔的，不知道什么时候再见了，你们也多保重。

江镜水 保重。（李长风下）

任元爻 秋，跟我走吧，跟我去重庆，那边的前程远比北方光明得多。

解 秋 头顶上是同一片天，明天的阴云还不知在谁头上呢，别妄断得太早。

任元爻 凡是黄埔的学生，都要作出最终决断——你，我，镜水，长风，都逃不过的。

解 秋 我只是惊讶于你决断得如此之快，看不出半分犹豫——我无法否定你的道路，但我也一样不能苟同你封死另一条路的决定。

任元爻 （语气加重） 你与镜水、与长风，决不是一路人——你不会也不敢不顾一切地拼刀拼抢拼命，但你有的是我们要的东西——跟我们走吧，跟我去重庆……

解　秋 那便是你看走眼了，我就是不惜命的货色。

任元爻 你这是何必？

江镜水 （回身走过） 元爻，你多保重便是，我与秋自有去处。

任元爻 江镜水……

江镜水 代我向伯父问声好。

任元爻 你们为何……为何一个个都要至此？！天下形势如此，共党能有几分胜算。

江镜水 九分。

任元爻 何凭何据？

江镜水 我三分，秋三分，长风亦三分。

解　秋 你又有几分胜算？

任元爻 （意为深长地久久看着两人）保重（下场）

江镜水 挽狂澜于将倒，扶大厦于将倾。三年，两条命，一张地下网……我们到底有几分胜算？

解　秋 既作为，成败不论；不作为，国将必亡。镜水，这个国亡不亡，且要看我辈人有多么想活了。

江镜水 害怕吗？

解 秋　怕，但无路可退。我在来的时候，便与后路一刀两断了。

江镜水　秋，我们也该动身出发了。

解 秋　走吧。

江镜水　秋。

解 秋　嗯？

江镜水　你，会后悔吗？

解 秋　我心匪石——

江镜水　不可转也。

念白　七日后，共方联络员江镜水执行任务，不幸牺牲，而交于其转移护送的天津方面共产党员名单，下落不明。

第二幕　第一场

念白　三年后，天津——

（场上摆一张桌椅，解秋、苏蕾上场）

苏　蕾　秋姐，那我先回校自修了，记得天黑以前走喔。

解　秋　好，快些回去吧，别叫大家等急了。

苏　蕾　知道了秋姐，我都毕业了，不用你操心啦。

解　秋　蕾蕾。

苏　蕾　嗯？

解　秋　没什么……你路上小心。

苏　蕾　好啦好啦，我知道啦。那明天见。（下场）

解　秋　明天见。

（山室罴上场）

山室罴　这里就是津地报社？我还以为是什么新鲜地方，不过如此。

解　秋　那我这个不怎么新鲜的报社社长倒要请教一下，阁下是什么人？竟然这么轻易地被放进来——（回头见其制服）日本人？

　　山室罂　请允许我自报家门——我名叫山室罂，是一名军人，驻所与这里不过一墙之隔，我们算得上近邻了。此次前来，是想与解小姐做个交易。

　　解　秋　交易？你能许我什么好处？

　　山室罂　解小姐是聪明人，我们日本人决不食言，该给的都不会少。

　　解　秋　做生意讲求你情我愿，强买强卖可就没了兴味，还会伤了和气，何必呢？

　　山室罂　解小姐，有的生意，不做……才是没了兴味，又伤了和气啊……（一腿踩在解秋两脚之间）你这间报社可是有足足近半的地盘在我们日租界之上呢，那么……说不准你这只左脚，就踏在我们的场子里呢——所以，你觉得你的立场是否配得上你那番聪明话呢？

　　解　秋　（默默将左脚绕过其小腿搭在右腿上）　所以，你许给我什么？

　　山室罂　你的命。

　　解　秋　……要我做什么？

　　山室罂　解小姐应该明白，前线胶着，我们日本武士所向披靡、锐不可当，可碍于我们这是在中国做客，所以……我们希望报社可以做出正确的舆论导向，使天津卫的人民能够正确地认识到我们日本国为大东亚共荣做出的卓越贡献，从而使我们中日两方的长期合作更为顺利。

解　秋　哦？那阁下的为客之道还真是叫人不敢恭维。

山室罂　可解小姐哪里是不敢的样子？（扳过解秋下颚）我想，你也不愿意看见血流成河，不是吗？

解　秋　我想，在交易达成以前……我的命，该是安全的吧？

山室罂　自然（放手），那我便静候佳音。（下场）

第二幕　第二场

（汪人美上场）

汪人美　解小姐的话，我可是半点不漏地全听进来了——这么快便与日本人达成共识，怎么，津地报社这是要弃天津人民于不顾，与日本人永结同好啊？

解　秋　永结同好？那么国军呢，国军的态度又比我一介平民强到哪里？

汪人美　呵，敢质疑党国立场的人，你绝不是头一个，但好歹你还算是里面不要命的一个，少数几个有用的——（凑近，低声）你不会不知道吧？

解　秋　……

汪人美　前线的仗打得究竟怎么样，日本人也好，我们国军也罢，对面一天不叫降，前线的形势，都是动动笔头就可以更改的——到底死了多少人，我们丢了多少地方，根本没人在乎，我们在乎的是这围城中的人——军阀、名门、政客、富商、流匪，以及百姓，知道自己该偏向哪一边。

解　秋　的确，这是个乱世，舆论所带的威力远比刀子要快，而对于城中百姓而言，一张流浪街头的传单抑或报纸带来的战报，无疑都是他们了解战事的最直接也最可信的渠道——而我们津地报社，做的最大，有口皆碑，所以你才想通过我们的口，教会这城中或重或轻的所有人，该站在哪一边——对吗？

汪人美　不错，我要你这几日有关战时的头条报道将我国军一方无论是兵力还是战功，都要放大，至于尺度，你自己看着办。

解　秋　怎么听您说的，好像只有国军参战一样？

汪人美　有的人就是死在这张嘴上……（摸枪）

解　秋　这是事实，国共两方共同抗敌，国军若要在这场仗里太出头，胜了便罢，若是败了，那过错岂不都要被怪在国军头上？

汪人美　（提枪指人）我看你倒对日本人有信心得很。

解　秋　你急什么？——日本人许给我一条命，国军能许给我什么？

汪人美　许给你个完整的脑袋，如何？

解　秋　您讲话真是不比日本人悦耳。

汪人美　要看对什么人。

（对峙三秒）

解　秋　说吧，国军想要我如何写，要写得多漂亮才能换我的脑袋？

汪人美　呵，你自己明白，别想跟我耍花招，国军的眼线一刻也不会放开你。（转身欲离开）

解　秋　还没请教阁下姓名。

汪人美　……汪人美。（下场）

解　秋　天黑了呢……

第二幕 第三场

（李长风上场）

李长风　请问，您是在这里工作吗？

解　秋　啊,是,请问您是……（转身）长风？！（秋？！）

李长风　好久不见。

解　秋　好久不见。

李长风　当年我离开你们北上，才在驻地落脚，便听说了镜水牺牲的消息——我从未想过那就是永别，我这三年从未停止找寻那张失踪的名单，也从未放弃找寻名单上那些素未谋面的同志们……（叹气）秋，当年，你和镜水是不是有什么事瞒着我？

解　秋　（打断）你并不知道我在这儿，你来找的是报社的工作人员——是什么事？

李长风　我今日只为前线之事而来。

解　秋　等等,有关此事,已经有人来找过我了……刚走。

李长风　是日本人，还是国军？

解　秋　不好意思，我有义务替客人保密。

李长风　可当下形势严峻，让天津城各路人与百姓知晓战场上真实发生的事情，乃是当务之急。秋，我们只需将情况如实登上头条，无需假言……

解　秋　可凡事，总要讲个先来后到吧？

李长风　什么？！

解　秋　我是说，你来得太晚了。

李长风　秋，事关民族危亡，你当真要站在他们那边吗？！秋，你是个知识分子，当年在黄埔，就是政治部的精英——这些道理你定是比我摆得要清，现在，天津城外战火纷飞，我辈人岂可眼见山河创痛而不作为？！

解　秋　你和镜水都是军人，我不是。我的立场，只为了活命罢了，家国情怀，我装不下。

李长风　解秋！你忘了吗？！当年元爻随父兄追随国党，是你站在了我们这边，不肯随之赴重庆投国党。镜水牺牲，追悼会上的悼词，字字出于你笔下……你为何……你为何……（泄气）秋，算我求你……

解　秋　……

李长风　你还记得临别之际，我们四个在校门前发的誓吗？

解　秋　……（沉默三秒，李长风下）

解　秋　我心匪石，不可转也……隔墙有耳啊。（下场）

第二幕　第四场

（李长风、苏蕾从台两边上场，李长风撞到苏蕾）

李长风　哎，对不住对不住，你没事吧？

苏　蕾　我没事的先生，不过您的状态看起来不太好啊。

李长风　无事，我……（看见苏蕾手里的资料）你是津报报社社员？

苏　蕾　对呀，我姓苏，是我们社长的助理……先生认为我们津地日报办得如何？

李长风　她，这些年过得如何？

苏　蕾　啊？

李长风　解秋。

苏　蕾　等等，先生认识我们社长？——不说我们社长，在日租界哪有过得顺心的人呢？

李长风　秋是我的旧交。（沉吟）小姑娘，你觉得她站在哪一边呢？

苏　蕾　秋姐一直是中立的态度，也让我们学着明哲保身，安分工作。先生，你这话问得好奇怪，怎么，是秋姐没有好好招待你吗？

李长风　我不知道，但她与当年不似一个人了。

苏　蕾　所以先生您选择怀疑她咯？

李长风　那你呢？

苏　蕾　不，我从不怀疑秋姐——你该试试她的脉搏，那与她的性子是截然不同的——那股律动是含蓄的，却又是铿锵的——与我们所有人都一样。

李长风　小姑娘，你这么相信她，可以拜托你劝劝她吗？

苏　蕾　秋姐不肯帮你的，我可以代劳，但我觉得，硬要我们去打破她的成规，是不是太过分了呢？

李长风　小姑娘，你要知道，站出来表明立场是很危险的。

苏　蕾　你身上的军装岂不就是最危险的证明吗？

李长风　总要有人将这身军装撑起来，不是吗？

苏　蕾　所以请您相信我，我不是秋姐，我有我的行事方式——放心吧，我会兑现我的诺言的。

李长风　切勿激进，万事小心。（下场）

苏　蕾　我会的。（下场）

第三幕　第一场

念白　翌日——

（解秋、卢修上场）

卢　修　秋姐，出事了，你快看今早的头条：蒋方资源供给疑有意掐断，因共方三更奇袭破日军粮营。这不明摆着拿刀子割老蒋跟日本鬼子的脸面吗？！

解　秋　什么……？今天的头条是谁负责的？！

（罗枝上场）

罗　枝　秋姐，日本人那边有动静了——怕是已经知道了，咱们得赶紧想对策啊。

解　秋　我问是谁？！到底是谁，这分明就是找死！

卢　修　我记得今天是……

罗　枝　苏蕾？！

解　秋　……她人呢？

卢　修　我记得是……刚才出去了吧？（解秋跑下场，二人跟上）等等，秋姐！

第三幕　第二场

（苏蕾、山室罂上）

苏　蕾　我重申一遍，今天的头条字字出于我手，与任何人无关。

山室罂　我没有兴趣听你一遍又一遍地拿这副视死如归的嘴脸跟我声明——你觉得你们这算什么？英雄？可笑，还真是可笑。在你那贪生怕死的社长手底下，怎么会出了你这样大义凛然的蠢货？

苏　蕾　秋姐绝不是你口中那般的人——你妄图歪曲事实，威逼利诱的手段最是难看，小人，无耻！

山室罂　好，很好，你们都好得很。但就算你们一个个满脸的自命不凡，但我还是奉劝你们看清楚，与皇军为敌，是否明智。

苏　蕾　荣幸至极。

山室罂　好，那我倒要看看，你们真正的嘴脸……（递枪）

苏　蕾　你什么意思？

山室罂　很简单，俄罗斯轮盘——这里头只有一发子弹，我们轮流一人往自己脑袋上开一枪——你死了便也罢了，你没死……有人替你死。

　　苏　蕾　……

　　山室罂　怎么，害怕了，要反悔了？

　　苏　蕾　对不起，秋姐……（连开三枪，倒地）

　　山室罂　（拍手）哇——真是不得了，可就算你死了……
她拿着那么重要的东西，也跑不了了。（下场）

（汪人美，上场）

　　汪人美　……（下场）

（解秋，上场）

　　解　秋　苏蕾……（自由发挥）

　　汪人美　这就是你站错队的下场。

　　解　秋　……

　　汪人美　若你站在党国一处，我们自然保你——非要做
个没有立场的往人堆里面打滚，又有什么好处？

　　解　秋　那，党国坐观同胞受戮而不作为，便对吗？

　　汪人美　你……（对视，下场）

　　解　秋　为什么？三年了，大事将成了——我隐忍三

年，没有立场，抛弃信仰，背叛理想，站在底线上摇摇欲坠，苟延残喘了三年，就要结束了……明明就要结束了……为什么，为什么？！（起身）这三年，为了铺就这条路，我卸下了我的一切，断了我所有的后路，可为什么，还要赔上这么多条无辜鲜活的人命……镜水，我们真的能做到吗？

（任元爻上场）

任元爻　秋。

解　秋　是你……

任元爻　秋，回头吧。跟我走，总会比在这里安稳上许多。

解　秋　在这乱世中，要求一世安稳，那就是造孽！

任元爻　你，到底是不能认同我。就像镜水，最后诀别之时，他与我竟是不欢而散……

解　秋　你放不下，我也是。

任元爻　日本人为了那张当年消失无踪的名单，三年来近乎疯狂，江镜水这个名字，于日本人而言，如鲠在喉——秋，以日本人的形式风格，不难查到你我当年与镜水的瓜葛，你现在很危险。

解　秋　你们不是也在找那张名单吗？——这期间，因此受到牵连的人究竟有多少，你可知道？

任元爻　我保不得全天津。

解　秋　但求同进同退。

任元爻　我会坚守到最后一刻，决不食言——保重。
（下场）

解　秋　（独白）我不是不能回头，可我不敢回头——我一想到我一回头便会看到三年蛰伏功亏一篑，天津人民伏尸百万的场景——我回不了头。我虽有一只脚踏在日租界，但我的心，从未剖成两半。（下场）

第四幕　第一场

（解秋、李长风上场）

李长风　秋，那份名单，难道真的在你手上吗？

解　秋　是。

李长风　镜水的主意？

解　秋　不，是组织的计划。

李长风　什么？！

解　秋　用三年时间，建立覆盖整个天津的地下网——那张所谓的天津共党成员名单，不过是个幌子——我与镜水便是要给日本人与国民党设下这么一个局，让他们三年都被这张从未存在过的名单所惑，而我们的地下网，就在三年里悄悄落成，无人察觉，无人知晓。（掏出一张白纸）就是这样一张东西，一纸空文，让日本人夜夜难寐，让他们发了疯一般迫害无辜，可我只能眼看着，眼看着我的同胞们血流成河，绝不能涉足半步——我与日本人演了三年的戏码，如今要被看破，怎么死，我都无憾了。

李长风　你为什么，为什么不告诉我们，就算你与元爻立场不同，可我呢？我们明明——

解　秋　正因如此，我才不想连累你们任何一个人。

李长风　你如何确信，日本人就会紧咬着不放呢？是与否，全在日本人对敌人的态度。

解　秋　不知道为什么吗——三年了，日本人还是穷追不舍？——因为这份名单依然有价值，日本人知道得很清楚，只要我们一日不死，我们的抗争就一日不会停止——让日本人日日夜夜为之着魔的，是我们共产党人的信仰。

李长风　所以，你是如何都不肯走了，对吗？

解　秋　马上就会成功了……所以，再给我点时间，好吗？再给我点时间，天津，就有救了。

李长风　我终于尝到了，这三年，你日日都要生咽下去的那股滋味……你是怎么忍过来的……？

解　秋　为誓言，为信仰。

江镜水　（画外音）以江镜水一人之死，换三年生机。

以解秋一人之身，还天津太平。

李长风　我心匪石——

解　秋　不可——

李长风、解　秋　转也。（敬礼）

解　秋　就此别过吧，保重。（李长风下）

第四幕　第二场

（山室罂、解秋上场）

山室罂　怎么，解小姐这是打算精诚合作了？欢迎——

解　秋　（出手打断）你欠我的人命，趁我还活着，你必须还来。（拔枪）

山室罂　呵，解小姐觉得自己还有什么资本跟我谈条件？

解　秋　你不是清楚得很吗？

山室罂　好，既然解小姐终于想通了，那么……条件呢，我知道的，中国人一向……

解　秋　活命。

山室罂　哦……对，若解小姐与我皇军合作，难免不被那些不识时务的蠢货所为难……那么，东西呢？

解　秋　（递）……

山室罂　这……你耍——（解秋开枪，山室罂倒）

解　秋　可笑，你找了三年的东西，可不就是这东西……？好，现在我要来问问你，你现在，还有什么资本跟我谈条件呢？（连开三枪）

汪人美　（端枪上场）　别动。

解　秋　汪处长？

汪人美　你胆敢卖国，私通日本人？与其被日本人撕烂，不如跟我走吧。（以枪抵解后腰）

解　秋　好……（二人下场）

第五幕

（任元爻、汪人美上场）

任元爻　师妹，你带回来的那个人……

汪人美　嗯？你说那个解秋？呵，胆敢跟日本人勾结，骨头却硬得很，不过嘛，也难逃一死了……

任元爻　怎么可能？！解秋她怎么可能卖国？

汪人美　什么怎么可能，她自己默认的——师兄，你倒慌个什么？

任元爻　还记得江镜水吗？

汪人美　有点印象，三年前死了的那个共党？我记得你对他评价挺高来着，怎么，这个女人跟他有关系？

任元爻　……没什么。

汪人美　师兄，你若想再见见那女的，也不是不行，且等等。（下场）

解　秋　（上场）元爻？

任元爻　秋……你，你怎么……

解　秋　断了条腿，没什么妨碍的。

任元爻　（欲扶）

解　秋　不用，我得惯着点，就算断两条腿我也得站着——黄埔的人，就没有跪着死的。

任元爻　秋，你为何……你不可能与日本人沆瀣一气的，可你又为什么……？

解　秋　多说无益——元爻，你现在身处的位置，与我依然是对立的啊……你什么也不知道，才是最安全的。而也只有借国党之手将我除了，这个骗局才能持续，而你也会安全。况且我死了，党国与日本人的"暗中交"才好继续，不是吗？

任元爻　可无论如何，都不该由你背着一身污名不明不白的去死啊！

解　秋　你想想，若我被澄清了，那么，我共产党员的身份恐怕也要暴露了……你确保国民党会放过我吗？

任元爻　我……

解　秋　你看，这个局，不好解吧……

任元爻　秋，你与镜水所背负的，我一概不知……既然我们立场不同，你们又何必顾我？

解　秋　因为我们有共同的敌人。

任元爻　……

解　秋　我不晓得蒋委员长的意思，但我知道，你的立场，从未改变过。大敌当前，国运不济，我辈唯有奋不顾身，挽救于万一。

　　任元爻　怒潮澎湃，党旗飞舞。

　　解　秋　亲爱精诚，继续永守。

　　（合）怒潮澎湃，党旗飞舞。亲爱精诚，继续永守。

　　解　秋　未来的路，会更难走，这座天津城，这个国……
替我守好她。

　　（互礼，两人下场）

　　念白　三日后，津地报社社长解秋因通敌罪遭处决，然
未起风波。

第六幕

（卢修、罗枝上场）

罗　枝　秋姐……连秋姐都走了，而且秋姐死得又是那样不光彩……

卢　修　任将军既然要我们忍着，那便……永远不要说出来。

罗　枝　永远？秋姐要一辈子被扣上污名，永远不能澄清吗？！我怎么可能……

卢　修　要想为如秋姐一般的无数英雄昭雪……国家首先要站起来。需隐忍的事秋姐替我们做了，我们也该表明立场了。（将跨在分界线上的椅子拖往右边）津地报社，从此不再中立——我辈誓与天津、与我中国同进退，共存亡！

（全剧终）

棋局定天下

单人视角

1.

察秋毫之势。光于林隙生影于地，折柳婆娑，残影扶疏，树欲静而风不止。

党争不断，战事难息，苍生之下，几经沉浮。又是一幅九重城阙烟尘生的乱卷，宫阙萧墙灰飞烟灭，亦可都付谈笑间。大战已有三天，帝京城外硝烟弥漫，尸可成堆，军旗四倒，乌鸦连城哑叫。

可怜无定河边骨，犹是深闺梦里人。

然，两派皆不愿主动撒手，终决定以这弈棋之道替兵将血刃，以二人念差盖苍生向背，定了这天下谁主。

荒唐。

岫眉斜渡鬓，揄袂一礼，者者谦谦昂首俯目，似笑非笑：

久仰。

虚礼毕，寒刃现。

待人入座毕，提靴落足，看空空棋盘如海上风平浪静，实则暗潮汹涌，这才对岸落座。

两指噙子儿一息后敲到那一点上。

"先生谋法过人，想必这棋盘之上也定能运筹帷幄。"

垂眼看那棋罐里头还算立整的黑丸，如黑岩块和着泥铺成的小路，江南地带手作的草鞋蹭在上头，甚是硌脚。

"兄长兄长，你这是又要去拜访那老头儿吗？"

"老头儿？哈，非也非也，这一回可不是夫子先生。"

"哦，那那个人是谁啊？"

"是远在帝京的一个人，哥哥此次前往，便是要辅佐此人，成就帝业。"

"帝业？哇，是未来的皇上吗？"

"子青，不可胡言。一定要说的话，还都是未知。"

"那兄长下一次回家，要什么时候啊？"

"大概，三个月？三年？或者，再久些？"

"不要不要，那么久，还是那么远的地方，兄长骗子青，李大哥说过，'山高皇帝远'，你会不会不回来了？！兄长你明明应过子青，要教我弈棋的。"

"怎会？哥哥何时骗过子青？待我功成名就后，定当归隐。待我归家之日，便好好教教你这黑白双丸的道道。"

"好！君子一言，驷马难追。兄长你放心，子青会拉着紫苏姐姐在这条路前头等你回家的！一言为定！"

"那就，一言为定。"

待我还家。

"先生，这轮到你了......先生？"

闻判者语唤，挣脱往年老事难纠，烦看那黑白二子自相纠缠，眼波一定，却将那棋子往犄角旮旯的地儿一磕。

"啧，手滑了。"

愿者上钩。

"自然没有悔棋的道理，先生请。"

陈情旧事上头。

身未升腾思退步，功成应忆去时言。

功成。

功成？

如今再看，当初一允，不过轻诺者寡信。

待我还家。

2.

"'一日得上龙门去，不叹江湖岁月深。'此话先生可曾听过？若这龙门都越不过的池中之物，又谈何真假的？"

择错了主当错了道，本就没了退路。然，虽三皇子昏庸无道落得个万民唾骂，但总归要托个好收场；再说这七皇子，虽说三殿下大势已去，这七殿下便是储君的不二人选，却终不知其为人若何，初心安在。此番赴约再不为那三皇子，是为那黎民苍生试一试这七陛下究竟如何。

闻人此话知其假商真迫之意，垂眼一览沥青上镌刻的条条文书，若如七殿下其人，定是温良敦厚之谦谦君子。

却不敢贸自妄下定论，佯作怒极，眼睑半压堪堪三分怒意七分嘲：

"退路？七殿下行事果真周全。那秦某倒要问问先生：七殿下可曾想过，若三殿下果真降了，那三殿下手下的谋将兵士，又当如何？难不成七殿下还要坏了规矩，上不顺君心下不抚民意全都饶了不成？！"

助纣为虐，落草为寇，还能如何？

不过朱砂一点，准了不知哪位忠良之士的文书，其余的再相应附和，重则夷灭宗亲，轻则一人掉头。

"我求你不要去好不好？在这皇室党争，一旦落败就是要掉脑袋的，就算你佐了名主，一代名臣功成名就，可古来'狡兔死，良狗烹'的例子还少吗？！"

"男儿生当逐鹿天下，即使不为一方之主，也当佐明主成霸业，再归田卸甲也不迟。"

"我虽是女子，不晓得男儿当如何。可那三皇子你素未谋面，如何得知他便是你要追随的明君？若他非贤，你要如何？！"

"秦某，不知……"

那便，反将我主一军，得助明主，再以死谢罪。

兵不厌诈——不厌诈敌，不厌诈君。

"那就不要去！良禽择木而栖，你又何必急于一时？！"

"……紫苏，某会全身而退，尔后燕还故塌，伴你……和子青乐得归隐、老死林泉之中，可好？"

伴你终老，终究是不敢说的。

紫苏啊紫苏，那阕《忆秦娥》，你本是不该寄予我的——

"铅水泻，阑干断脸胭脂谢。胭脂谢，陈膏败色，茕茕孤子。

闺中复秋心千结，楼外春深妾不觉。苦不觉，窗绡弄破，生面青雀。"

我何曾不如你一样，思之如狂。

"'良禽择木而栖'，男儿当佐明主济苍生。君当谨记。"

良禽择木而栖。
兴许我本就非良禽。

"先生，再不落子，可要算你输了。"

3.

"尽人事而听天命，就算三殿下回天乏术，秦某也不是天。"

签，成王败寇，三皇子落得个万人唾骂的下场，而自身难保死路一条；不签，只害得八千亲军陪葬！

可既不能知那七皇子为人如何，又怎可撒手败退？

"这青天明月尚有晷刻难差、晦明圆缺；敢问七殿下胸中可是皓魄常圆，敢以碧血丹心夜夜对此碧海青天？！"

一十六

再试他一试。

"如若先生执意如此，七殿下也不予应答，三殿下不介意殊死一搏。"

"若七殿下实则不胜于我主的话。"

眉头蹙起不自觉地盯着人股掌之中的白子儿，暗叹他这是说七皇子可于这朝堂之上翻云覆雨叱咤风云，还是说三皇子早已成了掌中玩物生死都牢牢握在他手里头？

或许，这才是真正的大局，真正的实务。

看人仍无落子之意，明知其懒去应棋，却仍想激他，哪怕过一招也可摸其底知其意。

许是痴人说梦罢了。

"避那'纸上谈兵'之嫌。这棋局有如战局，尔或攻，或守，或进，或退，或争，或斗，不攻，不守，不进，不退，不争，不斗，倒不如投子认输。"

"先生真当执意——"

欲复一言激人一激，忽而高墙外童声入耳。

"余乃高公侄，娘唤高召友。

家有人五口，久住睢阳东。

小妹尚襁褓，家父随舅征。

男儿肩横槊，誓平杨家祸。

家中三小童，全靠娘填口。

罗裙不蔽膝，长发无洗梳。

父在西头战，母在东头期。

西风动地过，吹儿儿忧极。

忧父无衣穿，忧父孑一身。

寒气朝父边，衣到不知处。"

晚唐时传到江陵一带的童谣。

"问我舅者谁？乡邻赞高公。

与舅同行者，哥李颜封郭。

来年得表字，子回子回兮。

问母意何为，意喻盼君归。"

那小童似是走远了，歌声愈发的听不真切，就接着那一段儿哼下来。

暗道战事一开，天下苍生涂炭，铁蹄所到之处，白骨露野，万人荒冢无所祭。

何况，此人心性太难琢磨，这么试探下去，恐怕不妥。

"先生你，也出生在江陵一带吧？"

垂眼看那茶水盈杯，被风带起的柳枝一招，淌出的如一水蛇，蜿蜒在案上，至案沿飞流直下——自断了头。

水满则溢，月盈则亏。

连天都在帮他。

上苍既不垂怜，大势已去——

是时候收手了。

再看那池中锦鲤，不再出头，只隐于圆荷之下，尾扫浮萍。

山颜水色惹人窥，阔扇生波浮萍催。误拟此是归家路，拂头烟柳抱魂归。

着手提笔，却思起一事，迟迟不能下笔。

4.

罢了，罢了。

"当初三殿下外征内战协陛下开万疆定南北，名满天下。你可料到他竟有今日？何况七殿下入朝堂的时年算起来不过三年余，先生又如何保证七殿下定不会步了三殿下后尘？！"

罢，罢，罢！

要怪就怪自己当时年少无知，不得相人之术吧。

细想之下，这夺位之争早已尘埃落定，死死挣扎的不过最后那点儿念想，将死之人，与后世已然无缘，倒不如顺从天意罢。

身畔白瓷盏中水雾氤氲，碧澄茶汤晕开叠叠涟漪。

如那死寂的池塘一般，再掀不起波澜。

再看这棋盘之上，几处如流离散兵拼却残身为换友人不死，几处如入死门不得出，几处如黄沙漫漫战旗横断不见首尾，再仔细看眼，分明——大局已定。

重执黑子，却无有停滞，径自松手叫其打落在棋盘上：
"秦某，认输。"

到头来，是自己投子认输了。

于那汗青上存了块清净地方，有如这棋盘之上战端未开
之地。拾笔书曰：请降。加之三皇子名讳。

"先生请慢。"

抬手解了示人时一向加身的鹤氅，着墨于氅子背面草草
落笔，一阕《声声慢》：

"无悔落子，天下如棋，一步三算休戚。乱世不由狂子，
屈了双膝。一醉二酾三酹，付了东风奏一笛。怎堪数，久别离，
山重水复几万里。

苍翠山水不移。满处是，春光碎了满溪。杨柳还依依，
井背乡离。那堪信手折柳，到头却、死合生离。短檠灭，
望眼去哀毁骨立。"

之中暗语，明者则明。

末了落款，斟酌良久，终只落笔二字曰：秦守。

复折一杨柳枝，扎紧了叠好的鹤氅。

「"秦某有一事相求。"

"若来年先生功成名就,欲燕还故塌,可否借道替秦某捎此氅回乡?"

"江陵城南,有个小镇子专卖吃食,那后头有片林子,林子里有一户姓秦的人家,请将此物带给一名唤秦子青的青年男子。"」

想如上这么讲,却不知此人心肠如何,是否迁怒于镇上之人,是否饶过他们性命,那斟酌了许久的说辞遂演成这么一句——

"若来年先生功成名就,欲燕还故塌,可否在出城时,替某将此物搁置到城门下?"

不求此身重归故里,早已无颜面对故里的人,子青是,紫苏是,李兄也是。

最后看眼鹤氅。

代我还家。

失败的谋士便没有了活下去的理由,如若回去复命,更落不得全尸。

不知自哪里取出了一早备下的千焗饮，去了瓶塞往口中径直灌下——

"好！君子一言，驷马难追。兄长你放心，子青会拉着紫苏姐姐在这条路前头等你回家的！一言为定！"

"'良禽择木而栖'，男儿当佐明主济苍生。君当谨记。"

"阿守，你去吧，等到这乱世尘埃落定，无论你成败输赢与否，我会跟紫苏姑娘一起，领着子青，管他山高水远，迎到帝京的城门下，带你回家。"

"秦守，此一去，你万万不能败！若要败了，本王便会成了老七的阶下囚，我们便再无翻身之地！"

兵不厌诈——不厌诈敌，不厌诈君。

对不住了，三殿下。看来七殿下比您更适合坐这把龙椅。不是秦某不忠不孝，然而若要忠君必先忠国，举国上下忠于您的人既已寥寥无几，那么，秦某便不再忠于您。

对不住了，三殿下。

对不住了，子青，紫苏，李兄台。

对不住了……

茶凉了。

带着两行清泪与若有若无的笑意闭眼。

人不寐，将军白发，征夫泪。

难道你们只配像一具没有灵魂、没有热血的尸体，给扔在那里？

——大主教在圣克莱芒教堂的演讲

为（wéi）军，为（wèi）国

人是血肉筑成的躯体，却不仅仅是一具沉重冰冷的躯壳，自古以来的说法便是"魂"——人由于被赋予独立的灵魂，才造就了历史长河中各代王朝的兴起与覆灭——人生来不被奴役，向往自由，渴望光与热。当下人们崇尚科学，将"魂"字挂在嘴边的大多是文人或痴儿，这是因为我们无法触摸到灵魂的实体，还是因为人类至今无法捕捉到灵魂的具象？也许我们终其一生都不能与自己的灵魂相遇，但更使我信服的东西，却是鲜活且永生的——热血。

生息、繁衍、搏动、流转、传承于我们的血肉之躯中的，是宛如亘古长江般浩浩汤汤、生生不息的热血。

我的身体年轻鲜活，令垂死者艳慕，教颓唐者徒哀；我的血液激昂澎湃，使迟暮者追念，叫懵懂者向往；我的灵魂纯粹而高昂——是为故乡，是为理想，是为我家国万丈荣光。

而守卫国之荣光的先锋，便是我国之军。

军生于国而卫国，正如母与子血脉相连。我们这一代人既生于此时，必为家国所信，上天所任——每一代人都肩负着每一个时代的使命，我想我们已是幸运万分——我们避开了历史洪流中的暗流漩涡与重重暗礁，我们可见、可知、可想深远之地的长天一色，浩水汤汤，但我们却无可避免地要对抗眼前的激流，这便是使命之艰，责任之重。

而初尝这河水甘苦，造就披荆斩棘之锐气，同舟共济之仁义与义无反顾之信仰，便是军训的初衷。

青天白日，太阳就跟没上色似的，毒。

不说累那是假的——喊个不停的，怨声载道的，甚至累垮的，在头天不是没有，甚至过了——过了这地儿本来的热度。

兴许是习惯了一味拖延颓唐，那些不像样的过往时光竟未能使我们知羞。习惯了安逸便耽于安逸，即使这安逸将为未来埋下惨痛的代价，却依然有不少人麻痹自己——离踩雷的那一步还有很久，很长。

我们的热血呢？

青年人的血液，断不是那连青天白日都激不热的死水！

"难道你们只配像一具没有灵魂、没有热血的尸体，给扔在那里？"

不，绝不！

"你们头顶上戴的是八一。"

八一。

那是我国之军，是民之保障，党之先锋，国之中干，我青年所仰！

不可轻，不可亵，不可不敬！

如此，这军服再上身，便添了别番滋味。

作为中国青年，无人可轻贱这一身军服，无人敢，更无人愿！

不论是一列教官演习时铿锵踏步的气势，还是在天安门下庄严肃穆使举国乃至世界为之震撼不已的阅兵式，都无不使人追溯到千年前"古来征战几人回"的沙场之上——马蹄声阵阵，排山倒海而来，刀枪寒光乍现，便有壮士击鼓擂声——无论是千年前的短兵相接，还是千年后的阅兵大典，中国，无论割裂得如何残破，如何风雨飘摇，总有人会挺身而出，继而高歌猛进，为家为国征战沙场。

即使我将要"笔墨当刀书作甲",但我自内心深处,自如军人坦荡而昂扬——多情文字不敢误国,却敢化身利刃出鞘,不惜折戟沙场。我辈青年,受此磨砺,不扛枪,其作为也必铿锵!

我将我的热血,蛰伏的、流淌的、跃动的、激荡的热血与这一身军服相依相扶——我的热血不冲动,但有热忱,不激进,但有理想。

正因我们青年有热忱,有理想,所以我、我们,配得上这身军服——我们足够昂扬,我们不失少年锐气,不失本格纯粹,不乏一腔热血,不畏路途艰险。

不忘初心,方得始终。同舟共济,砥砺前行。

我辈青年同舟共渡的,不仅仅是这历史洪流中汹涌的逆流,更是在这漫漫征程中,不忘初心,不忘捞起当年纯粹而美好的信仰,藏之心上。唯有与初心常常对望,彼此相守,才可善始善终。

我在光与热的拷问中扪心自问,那个自少年时代起美得魂牵梦绕却又万水千山之远的问题——何为理想,何为挚爱,何为衷情,何为所忠,何为信仰。

我如今,势必比当年更为铿锵——

书卷落成,多情故人,中国文字,山河家国,心之所善,九死未悔。

为军者为国，青年者亦将护国。

人本浴血而生，我愿在热血中归去。

——后记

别母校

"我爱你。"

我绝不是一个哀丧的人，不会动辄便掉泪珠子，也最看不得抽抽嗒嗒的可怜相。但如今我也得认，人至至情时，没有不决堤的。

曾记否，四年前开学典礼上，我尚是两目澄澈的稚儿——我目中满满少年纯色，却只堪比林间活水，深不过半尺，难蕴灵秀。

大人们目送我走入校门时，内心的波澜……是有的吧——新鲜又好奇，却远远不能料到，当我不得不步出校门时，这心里头要掀起苦涩的惊澜。

刻骨铭心的，毕业典礼上的音乐，难免让人伤怀——那般悠悠扬扬的调子，让我绷了半分钟左右，便绷不住了——因为回忆太深、太远、太执着，才愈发刻骨铭心。

我记得一年前这个时候，我就已经十分难挨了——我这人爱犯相思病，最怕别离伤情。

我的前十二三年过得很是没兴味——某个意义上来说的确如此，不过大多数人的前几年都是如此——我本以为那便是活着，那便是生命之重，可那不过是因为，我不曾领会理想的甘美。

但我想我的四班是不会散的——它已不再是那四十几张桌椅与两块黑板的总和，它似个念想，似个信仰，更是我毕生珍宝——

四班人年轻一天，四班便不会老去。

我愿毕生稚气若顽童。

若要一件件捡起来说说，我想那是一千零一夜也讲不完的。回忆如沧海遗珠，那我的四班，我的母校，便是最为钟灵毓秀的山海。

我想要一辈子都做四班的语文课代表，高配的那一种。

我想要一辈子都做个学子，这四年使我知晓，身为学子之乐远胜其他。

"三流朗读者，二流诗人，争做一流学子。"

是你们，将这四年的美好与来年的信仰，赠予我——

谢谢您，我的导师，将它慷慨赠予，赠予我后来的数十年。

谢谢你们，我的四班，我的同窗友生们，将它撑托起，使它鲜活——使我有所感事，有所念人。

使我懂得——何为理想，何为挚爱，何为衷情，何为所忠，何为信仰——

功成名就，书卷故人，中国文字，山河家国，心之所善，九死未悔。

不胜感激。

惜我年少，无以为报。

最后一场考的是英语，收卷铃响起的时候，像是在昭示着什——我以我毕生虔诚俯吻卷头，算作我最后致意。

我的母校，我的四班，我的恩师与同窗们——

"我爱你。"

情之所系，生死难忘。

风声

一

【胡杏，在讲桌前面拉二胡。方雨亭自前门进，路过。胡杏，调子转急。方雨亭，滞步】阁下所拉何曲？

【胡杏】无名之曲。

【方雨亭，转身】比之《空山鸟语》如何？

【胡杏】堪比琵琶曲《十里埋伏》。

【方雨亭，笑】空山，十里 ......？

【胡杏，手上一滞，随即又拉起弦来】

【方雨亭，将一方手帕递给胡杏。胡杏迟疑接过，看见上面用口脂写的数字，一愣，随即抬起头来与之四目相对】

【方雨亭，笑着伸手】以阁下之才，断不可湮没于这尘扰俗世之中。我叫方雨亭，是萧山附高的国语教师。阁下是否有意同我 ......？

【胡杏，将手帕压在方雨亭手上】走。

【方雨亭，垂眼笑笑】爽快。

二

（教室）

【方嘉敏，叉腰。沈罗在一旁看着。】苏同学，我认为你的意见过于保守，隐有妇人之仁，以你之见，这帮官僚集团早晚有法子再来应对你！改革势在必行，必要快刀斩乱麻！

【苏玉，抱臂】方同学，我倒认为你的法子太过偏激，隐有北宋时"王安石变法"之弊，必有纰漏。且日本帝国主义对我华夏之土虎视眈眈，大刀阔斧的改革必将掀起轩然大波，若使日帝国主义趁虚而入，后果不堪设想！

【方嘉敏，一甩辫子】一派胡言！

【苏玉，拍桌】罔顾人情！

【周桥，抱书自后门上场】嘉敏，苏玉，争什么呢？

【苏玉，方嘉敏】周老师。

【周桥，点头】嗯，不光你周老师我，这一楼上王老师、邢老师、杜老师、孙老师和潘老师全给你俩震了个底朝天。

【停顿】沈罗老师也在啊。

【沈罗，苦笑】这年头学生们都不听劝啦，拉也拉不住。

【苏玉】对不住各位师长，方才是学生与方同学意见不一，这才……

【周桥，笑着摇摇头】你们年轻人有激情、有热血，这我理解。可嘉敏啊，你好歹是女孩子，一天到晚这么风风火火的……

【方嘉敏】周老师，这就是你的不对了。新时代需要新女性，难不成还要我像师娘那样做个大家闺秀不成?

【沈罗】看来嘉敏倒是对“大家闺秀”们有点成见?

【方嘉敏，噘嘴儿点头】嗯，有点。

【苏玉】方同学!

【周桥，大笑】好好好，你呀，真有胆子跟你姐姐讲去。

【方嘉敏】等我姐姐来了，我便把我的观点全都说给她听！姐姐一定会说我与时俱进，不像某些人。【看向苏玉】

【方雨亭，前门上场】周老师，可又在忙?

【苏玉、方嘉敏，同时】方老师（姐 ......）

【沈罗，点头】方老师。【方雨亭也点点头】

【周桥】没有,正看着他俩争个不停呢。怎么 ......【停顿】古书借到了?

【方雨亭，点点头】不只是借到了，还以并不昂贵的价格买下来了。

【方嘉敏】那个，姐……

【沈罗，有意无意看向方嘉敏】那个，方老师啊……

【方雨亭】书在三层楼梯口左手边的教室里，周老师可先去翻看，我还有点事要打理，一会儿赶去，不会太久。【转身欲走】

【方嘉敏，一跺脚】姐！

【方雨亭，侧脸】今天的课题报告还没写完吧……？凡事若只在口中空谈，终难成大事。

【周桥，不知所措】那个，方老师，今天，没有课题报告……

【方嘉敏，几乎要哭】姐……不，方老师，你为什么要这么自以为是？！你平时有关心过我们吗？有管过家里吗？

【方雨亭，转过身，蹙眉】我……

【方嘉敏，抹眼泪】你为什么总是要忽视我，忽视所有人，就好像我是个累赘一样！为什么你……跟以前那么不一样呢！【与方雨亭擦肩而过，夺门而出】【沈罗、苏玉，追上去】嘉敏！

【周桥，上前一步，轻拍方雨亭肩头】方老师，也多陪陪嘉敏吧。她还小……

【方雨亭，抬眼看他】不知周老师你还记不记得，王丽娜同志牺牲的时候，她弟弟哭的撕心裂肺的模样。

【周桥，放下手】记得。然无论如何，面对你的妹妹、你的家人，你不会对死亡产生半点惧怕吗？【前门下场】

【方雨亭，独白】方某，不悔……【前门下场】

三

【沈罗、首藤乐（yuè）舍（shè）背对观众，沈罗离观众近】首藤阁下，萧山附高的人的底细大概都摸清了。大都没什么可疑之处，独独那新来的音乐老师胡杏与一名叫周桥的国语教师相当可疑……

【首藤乐舍，微微偏头】继续查，不要停。【停顿，提高音调】可最可疑的人，你恐怕还没察觉吧？

【沈罗】请阁下明示。

【首藤乐舍，笑】难不成那胡杏一阵清风，不请自来？

【沈罗，猛地抬头】是那……方雨亭？

【首藤】嗯，越是看着平淡无奇甚至冷冷冰冰的人，可越是不简单。不见得她就比那个拉二胡的好对付。支那人的国语老师，都不是省油的灯。【转身】可有查到他们有什么亲人在本地的？

【沈罗】有，周桥的女人就在上海，名字叫茉莉、海棠还是……对了，是杜鹃。

【首藤，阴笑】杜鹃？呵，杜大老板的千金？那就派几个人，请杜小姐到我那里坐坐。【前门下场】

【沈罗】明白，我这就去办【前门下场】

四

（胡杏、方雨亭，合奏中——）

【苏玉】胡老师虽说新来不久，但却比之前的那位"洋老师"厉害的多。还有方老师，以前怎么不知道方老师还会这手。

【方嘉敏】哼！反正她也不教我。【气鼓鼓】

【胡杏，停】方老师当真深藏不露。

【方雨亭，止】胡老师才是绝世异才。

【周桥，后门冲进来】雨亭！杜鹃她……【停止不再说】

【方雨亭，扶琴而起，示意二人】你们先去图书馆待会儿吧。【苏玉会意，拉起方嘉敏就走，前门下台】

【周桥，迟疑的看向胡杏】胡老师还请……

【方雨亭，笑】你们不是见过面了吗？

【周桥，恍然大悟】你是……"古书"？

【方雨亭，低声】空山十里……

【周桥，与之握手】幸会。【胡杏】幸会。

【方雨亭】……杜鹃怎么了？

【周桥，将手中的纸递给方，胡也歪头看。周桥，咬牙】怕是被日本人掳去作为人质了……

【方雨亭，蹙眉】近来没有过于明显的动作，不可能暴露身份，除非……

【胡杏，沉着】内鬼。

【与此同时，沈罗自前门上场】方……

【周桥，警惕】什么人？

【沈罗，上气不接下气】周老师，方老师，不好了，杜鹃她……

【胡杏，蹙眉】沈老师不必多说，此事，我们都知道了。

【周桥，叹气】我道是谁，原来是沈老师啊……

【方雨亭，将那张纸递给沈罗】沈老师怎么看？

【沈罗，草草看两眼】这，这明摆着是要一命换一命啊！

【胡杏】我倒认为是要一刀砍死双鸳鸯。

【方雨亭，将纸递给胡杏】那便去会一会这来信之人。

【胡杏，迟疑】周老师这一去，怕是有去无回……

【方雨亭，笑笑】怕什么。我倒以为这城中还没有什么人要跟一个国语教师过不去，也许并不像我们想象的那么严重。再者,不要周桥去,我去。【笑意愈深】会一会这位"首藤乐舍"。

严重。再者,不要周桥去,我去。【笑意愈深】会一会这位"首藤乐舍"。

【胡杏,迟疑地看着方雨亭的侧脸,沉思。众人下场。】

五

【首藤,跪坐于窗边饮茶。沈罗,立于一旁。】中国的女人都爱旗袍配高跟,我倒要看看,一会儿她怎么坐下。

【首藤,垂眼】你先下去吧,她可能是来了。

【沈罗】是。【后门下场】

【方雨亭,正门上场。首藤,笑着起身,鞠躬。】方小姐大驾光临,令寒舍蓬荜生辉。

【方雨亭,颔首一礼】不敢。首藤阁下招待友人多日,都未曾下逐客令,却叫杜老板的宅子里黯淡不少啊。

【首藤,不悦】那,请坐吧,方小姐。【坐下】

【方雨亭,一拉高板凳,坐上去。居高临下。】恭敬不如从命。

【首藤乐舍,啜茶一口】你们中国人喜欢痛快的,那我们便直入正题好了。方小姐最近的动作,是不是太大了?

【方雨亭,笑】方某人不过一介国语教师,平日里为学生授课而已,谈何动作?再者,说起动作大来……阁下强留杜小姐多日，使得杜家上下人心惶惶，不才是更大的动作吗？

【首藤】方小姐好口才。你们中国有句古话——"识时务者为俊杰"。方小姐，早日合作，才是明智的选择。

【方雨亭】不敢。萧山附高也算国内一等一的学府，又有杜老板等富贾鼎力相助，自然不愁经费。反倒阁下此举，却要我萧山附高的高干们犯愁了。

【首藤】方小姐谦虚了。聪明人与聪明人讲话，又何必装傻？

【方雨亭】不知阁下从何看出方雨亭乃聪颖之人，所谓"装傻"，许是阁下见多了聪明人，少见我这样的榆木疙瘩罢了。

【首藤】就凭，你身后那道纸窗之后，有二三十个手持棍棒的青年男子侍立，而这屋内的罗帷之后，也有人藏于其后。而方小姐却能在此安然自若谈笑风生，当真不简单。

【方雨亭，佯作惊讶】哦？这么大的排场？

【首藤，不耐】这杜老板的千金可真是块美玉啊……如若……

【方雨亭，笑】可，若她已经"完璧归赵"了呢……？

【首藤，惊讶站起】你说什么？！

【方雨亭，站起】完璧归赵的故事，不知阁下是否读过。

方雨亭无蔺相之智，却也有莽夫之勇。

【首藤】你什么意思？！

【方雨亭】阁下所有的人手，恐怕都隐匿在我身后吧？那么，阁下还觉得从这里跑掉一个四肢健全的女子，是什么难事吗？

【首藤，咬牙】方小姐，不要以为我喜欢聪明人便不会杀你。

【方雨亭】首藤阁下断不要忘了，这城中百姓大多对杜老板的为人怀有几分敬佩，杜老板算得上上海的第二市长。难道阁下想与这城中百姓公然为敌吗？

【首藤，沉思片刻】好一个完璧归赵啊……很好，方小姐，我很期待下次与你对峙。

【方雨亭，转身前门下场】

【首藤，望向其背影】真不是个庸脂俗粉呐……

【后门下场】

六

【周桥、苏玉、方嘉敏在中间站，周桥踱步叹气，苏玉搂着小声啜泣的方嘉敏。苏玉】师娘她，不会有事的吧……

【胡杏揽着杜鹃前门上场，周桥欣喜地握住杜鹃胳膊】

阿鹃！回来就好……回来就好……

【方嘉敏，抱住杜鹃】哇——师娘……

【杜鹃，揽住嘉敏】嗯，没事儿了，师娘回来了。

【苏玉，蹙眉，走向胡杏】那，那方老师呢？她在哪儿？！

【胡杏，面无波澜】不清楚，大概还在……

【方嘉敏】对啊，我姐姐、我姐姐呢？胡老师，她不是和你一起……【苏玉默默攥拳】

【方雨亭，前门上场】没事儿了，我回来了。

【方嘉敏，扑】哇——姐。

【苏玉，往这边走】方老师！

【方雨亭，笑笑】怎么？才小半天不见一个个都要"思之如狂"了？【方嘉敏起来，揉着眼睛】姐……

【方雨亭，将外衣脱下披在方嘉敏身上】风这么凉都不知道加件衣服？

【周桥，温笑】雨亭，这一回真是多亏你了，周桥感激不尽。

【方雨亭，摇摇头】不必。这首藤本来就不为对付我，我去本就最为安全。

【沈罗，后门上场，招招手】方老师——

【方雨亭，向后走去】沈老师？这个时间你不是有课的吗？怎么……

【沈罗,摆摆手】你这一去,班上的学生都为你担心着呢,你们安顿下事情,尽早回去。天就要黑了,我先回去看着学生了。【后门下场】

【方雨亭,蹙眉走回来。胡杏,低声】还是有问题吧?

【方雨亭,点头】嗯,就如我们想的那样。

【周桥】但,我们没有确凿的证据。【叹气】她哥哥沈舒那么年轻就牺牲了……

【胡杏,无奈摇头】越拖只能越严重……!

【苏玉,突然抬头】等一下!各位老师,我有办法!

【周桥,拍拍他后头】就你小子鬼点子多,说吧。【所有人凑过去,苏玉】我明白老师们的意思,这样这样……

【念白】晚八点一刻,萧山附高——

【方雨亭,自前门上场,佯作不知身后有人;沈罗尾随方雨亭,手中持短刀。方雨亭,停步,自袖中抽出铜镜,假装整理仪容,偏转镜面看见身后之人,猛地扔出镜子击向身后之人】跟了我这么久,阁下还不打算现身吗?

【沈罗挡开,上前与方过两招,随即退到背靠观众但距离观众较近处,方雨亭则退到电脑桌处,扯下围巾】阁下好身手。

【沈罗,摆好架势,两人再过招不过七式,沈罗下风。方雨亭】夜色催更,看不清阁下的模样。不过三招两式之间阁下无任何言语，要么就是个哑巴，要么……是方某所识之人吧？

【沈罗猛地突刺，方雨亭中招，围巾脱手】嘶——

【沈罗】可惜，你没机会在天明的时候看见我真实的——

【胡杏，自后门突然出现，手持手电筒，照向沈罗背影】不好意思，我看见了。

【方雨亭，站起】果然是你，沈罗。

【周桥，前门出现】私通日本人，害死王丽娜老师，泄露组织私密……沈罗，你的兄长为了组织甘愿牺牲性命，你却……你好歹毒！

【沈罗，一把扯过方雨亭，后退一步，将刀架在其脖颈处，轻蔑】周桥，凭你还敢提我哥？是，我是歹毒，但是这歹毒，能害人也能救人，你们都是菩萨心肠又如何，能救得了她吗？【刀又靠近一点】

【周桥，蹙眉】你不要轻举妄动！

【胡杏，悄悄靠前一步，对放书的角落使了个眼色。不知何时藏在那里的苏玉同学突然钻出，一个石子儿砸向沈罗的手】接招吧你！

【沈罗刀掉到地上。不知何时藏在讲桌后的方嘉敏自后面钻出对沈罗脖颈一击，沈罗歪向周桥，被周桥三两下擒拿。周桥】那我先把她带走了，苏玉，你送方老师去医务室。

大家都散了吧。

【苏玉将外衣解下披在方雨亭身上，方嘉敏也跳下来握住方雨亭一只手，方雨亭缓缓抬头，开口的同时周桥也停步】能给我个理由吗？

【沈罗，苦笑】……理由？你们凭什么害死我哥？为什么王丽娜能活着回来我哥却不能？为什么……

【苏玉，转身迈向沈罗一步】就凭，王丽娜老师是沈舒老师的爱人。【停顿】他们，他们有着共同的理想、共同的信念。难道，生死关头，你不会想去保护自己所爱的人吗？！

【方雨亭】苏玉……

【方嘉敏，迈到苏玉前面】你不觉得，你害死王丽娜老师，伤害了师娘，还出卖了大家，你这样做，会让沈舒老师很失望吗？！

【沈罗，回头看着方嘉敏，浑身发抖。周桥叹了口气，将其带走，但动作柔和了一些】

【方雨亭】她所知道的一切，恐怕都是王丽娜老师告诉她的吧……她又何尝不想将她当作亲妹妹，好好补偿，好好培养呢……【众人下场】

七

【首藤，拍桌而起】愚蠢！愚蠢！【抬头阴笑】中国人，真有意思……好，那我便再陪你们玩玩。【挥挥手】来人，立即备车，去萧山附高。【前门下场】

【方雨亭、苏玉、方嘉敏前门上场。方雨亭】这上阕所写，便是苏学士于沙湖看田突遇大雨时的情景，一方面写同行者之狼狈，另一方面写词人任凭风吹雨打，且吟且啸，悠然漫步之境。再看下阕 ——"料峭春风吹酒醒，微冷，山头斜照却相迎——"

【"相迎"话音未落，首藤自后门拍门而入，环视四周后，直接走过来，忽视两个学生】方小姐，我们又见面了。

【方雨亭，蹙眉】你们日本人上课，却是可以粗鲁打断的吗？【此时两个学生站起，对视一眼，接着盯紧首藤乐舍】

【首藤，笑】方小姐，你可知与那帮人厮混，是没有好处的。

【方雨亭，笑】那帮人？敢问是哪帮人？

【首藤，逼近一步】那帮……企图与我、与天皇陛下为敌的蝼蚁。

【方雨亭，越过她走到两个学生身边，面对观众】我不过一个普普通通的人民教师，旨在教书育人【回身】对于与什么人为敌，恰好，我素来不喜与人为敌。

【首藤】方小姐倒是生了一张利嘴，不过，你的唇枪舌剑，【压低声音】保护不了萧山附中一千三百名学生。

【方雨亭，抬眼】你敢？

【首藤，耸耸肩，绕到方雨亭后面】那天在下准备招待方小姐的人，今天，可全都派上用场了。

【方嘉敏，面露惊恐，看着苏玉】她，她什么意思……？【苏玉凝着眉头攥拳，沉默】

【首藤，转身凑近方嘉敏】小姑娘，我的意思不明白吗？——只要你的老师跟我走，整个学校的人都能在放学后安安全全到家。

【苏玉，将嘉敏挡在身后】如果我们不许呢？！

【首藤，走向苏玉，伸手欲碰其镜片，冷笑】那就先捏碎你的眼镜，怎么样？

【方雨亭，反握其臂】我跟你走，但我的学生，你碰不起。

【方嘉敏】姐！【"姐"字儿没说完被苏玉捂住嘴，挣扎着说】不能跟他走！

【首藤，收手，笑】她叫你什么？你还有个……

【方雨亭】我的学生。

【首藤，意味深长地看一眼方嘉敏，推一把方雨亭】走吧。

【苏玉追上，方雨亭回头看一眼苏玉，摇摇头，二人前门下场】

　　【胡杏，后门入场，叹了口气】你们两个，跟我来【三人后门下场】

八

　　【（拉上窗帘）方雨亭坐在桌前（面对观众），坐在桌子另一边（背对观众），首藤】方小姐，我不过想要几个人的名字而已，你怎么就不肯妥协呢？

　　【方雨亭】首藤阁下，我也不过想要出去透透风见见太阳而已，你怎么就不肯答应呢？

　　【首藤，笑】之前被我请到这间屋子里的人，大多被吓得半死，我看方小姐胆子倒是大的很啊。

　　【方雨亭】也没什么，萧山附高经常停电而已。

　　【首藤，蹙眉】方小姐，我的耐心可是有限的。

　　【方雨亭，笑】首藤阁下，萧山附高的耐心，也是有限的。

　　【首藤，拍桌而起】你什么意思？！

　　【胡杏白后门而入，首藤惊到】你是什么人？！

　　【胡杏，笑】拉二胡的。

　　【首藤】不可能！你是怎么进来的？！

【周桥，前门上场，拂着衣上的尘土】当然把外头那帮矮子放倒了，光明正大地进来的。

【首藤】一帮废物！

【周桥】首藤阁下大可不必如此张皇。杜老板与市长先生有请。【侧身闪出前门口】

【首藤，咬牙走出前门，回头瞪一眼周桥】周先生，好计策！

【周桥，笑】不敢。

【方雨亭站起，身型不稳，胡杏欲扶，方雨亭拒】别急，戏得演完。

【首藤前门上场，低声】方小姐，你可以先行离开了。

【方雨亭，并没有做多言语，转身走向后门，胡杏紧随其后，周桥直接前门下场，首藤】方小姐，你就没什么话说吗？

【方雨亭，回眸】回首向来萧瑟处，归去，也无风雨也无晴。【下场】

九

【方雨亭、胡杏、周桥、方嘉敏站于台上，周桥】这一回举校南迁前往云南，总算能太平一阵子了。

【方雨亭】不见得，还不止这一路上惹得多少人觊觎呢。

【苏玉，前门上场】方老师、周老师、胡老师，人都到齐了，随时都可以出发。

【周桥】好。苏玉啊，这一回，你可真是立了大功了！

【苏玉】周老师言重了，学生不过……

【方嘉敏，突然打断】得了吧周老师，校长先生要您清点人数，您却把这个苦差事儿推给苏同学，难不成您这是"让功之举"啊？

【周桥，尴尬】啊，这个、这个年轻人就是要多劳动嘛……方老师，你说是不是？

【众人大笑。胡杏】风又起了，这几日的天真是阴晴不定。

【方雨亭】不是起风了，而是这上海的风，从未停过。

【众人上场，谢幕】

机关

一

【念白完毕】

【旁白】1939 年 7 月，长沙——

【方雨亭，握住倒坐于地上的杜鹃的手】杜鹃同志，你挺住，不会有事的……不会的！

【杜鹃，将一个木盒勉强交到方雨亭手上】不要强拆……打开……保护好…….里面的……【倒在方雨亭身上】

【方雨亭自由发挥】

【胡杏，正门入场，拽住方雨亭胳膊】方同志，再不走就来不及了！

【方雨亭，被拽着下场】

二

【方雨亭，坐于桌前摆弄盒子。胡杏上场，站在方雨亭身后】雨亭，你这好几天了……可有了什么头绪？

【方雨亭，不作回答。只是摇摇头。胡杏】关系到长沙上下的安危，到底会是什么……？【微微停顿】对了。雨亭，关于嘉敏坚持要入党这事……

【方雨亭，起身，摇摇头】不行，还太早。【将围巾、手套戴上】胡老师，第三节你有课吗？

【胡杏】大概是没有的。怎么了？

【方雨亭】拜托帮我看一下自习，我去见一个人，多谢。

【胡杏】一个人？

【方雨亭】嗯。【望向远方】南昌沦陷，武汉被围。下一个，就是长沙了……【胡杏后门下场】

【周桥前门上场，面对窗子出神。方雨亭撑伞出现，走上前】其实你不淋着雨，我也能注意到你这全长沙绝无仅有的站姿的——周将军。

【周桥转过身】雨亭【邀人上前一步】里面说。

【方，收伞，】长沙告急，想必这两日军部也不好过。【抬

【眼】前线那边……？

【周】还好吧，一切都在我们的控制之内。

【方】将军你可知，这日本人为何而来？

【周】放弃最佳进攻时机，确实可疑得紧。难不成是……？

【方】不错。我此番前来。便是来与将军道别，以后，不要再见了。

【周，惊】这是为何？

【方】他们是冲我手里的东西来的。虽然，杜鹃牺牲了，可杜鹃留下的这样东西，他们可不会善罢甘休。免不了，长沙还是得溅一回血。

【周】我身为长沙军区最高军事指挥官，如何保不得你？

【方】将军可保得了嘉敏？

【周】当然。

【方】胡杏呢？

【周】当然。

【方】学校呢？

【周】……当然。

【方】那，长沙呢？

【周】……我不知道。敌我兵力悬殊，一旦交锋，我也很难预料……

【方】周将军有几分胜算？

【周，沉默半晌】天命难违。

【方】这命运如同手中的掌纹，不管多曲折，终究还是掌握在自己手中。

【周】雨亭，我们这一类人的命运，本来就不掌握在自己手中。【叹气】甚至命都不是。

【周】哎……同是乱世中人。

【方】惺惺相惜吧。

（沉默三秒）

【方】周将军，我有一事相求。

【周】但说无妨。

【方】保住长沙。

【周，愣】……？

【方】请将军，保住长沙！

【周】……好。我以我军人的名义起誓。

【方】拜托了。【转身】

【周】雨亭！

【方】保住长沙。……保重。

三

【胡杏看自习，苏玉，嘉敏正讨论着什么。沈罗上场，打量着三人。两学生一惊，胡杏挡于二人身前】这位陌生的小姐，这里可不是随意出入的地方。

【沈罗，笑】你是谁？

【胡杏，蹙眉】这话应该我来问才对吧？

【沈罗，出手。胡杏挡住】想动手？

【方嘉敏】日本人？

【沈罗，笑】我是谁不重要。我只想知道……杜鹃，是哪位？

【胡杏，舒展眉头，挑眉】杜鹃？【撒手】我们学校可从来没有这号人物。

【沈罗，冷笑着收回架势】呵，反正是个死人了，你忘记了也就罢了。【此时胡杏微微攥拳】两学生此段自由发挥】

【沈罗】那好，我不找死人了。晦气。我找——方雨亭。【一字一顿】

【胡杏】我就是方雨亭。【方嘉敏刚要出口反驳，被苏玉捂住嘴】

【沈罗，走向方嘉敏】小妹妹，你看起来像个说实话的。

我问你，这个人【看一眼胡杏，此时胡杏背对三人】是不是叫方雨亭啊？

【苏玉】是，你找方老师有什么事吗？

【沈罗，怒意】我要你说话了吗？

【方嘉敏】他又没说错什么，你找方老师，到底什么事？！

【沈罗】哦？那请方小姐跟我走一趟？

【胡杏】请便。

【方雨亭，后门上场】我就是方雨亭。阁下有何贵干？

【沈罗，走向方雨亭】我就说嘛……我可没听说这方小姐身手如此之好啊……【出手，两人过三招，沈罗下风，撤到电脑桌处，捂住胸口】呵，看来支那猪也不光是只会求饶的废物。

【胡杏，疑惑】雨亭？

【方雨亭】嗯。放心，我自有分寸。【走向沈罗】阁下冒犯在先，方某所做并不过分。现在，便请阁下离开吧。

【沈罗，起身冷笑】方小姐，你也太天真了。难道你以为，我是单枪匹马来到贵校的吗？

【胡杏，环顾四周，对苏玉低声】跑。

【苏玉】什么？

【胡杏】我叫你跑！

【苏玉】不可能！我是不会……

【胡杏，更低】周将军。

【苏玉，一点头，在方嘉敏的掩护下跑到后门旁（并不出去）】

（两戏同台）

①【苏玉拨电话】我是苏玉……萧山附高学生苏玉。请帮我接……接军部！【周桥，声音从门外传来】苏玉？【苏玉，攥紧电话】周将军，学校里进来了日本人，方老师她……【周桥】不必慌，确保她安全，我马上到。【不必管②的进展。音量提高。讲完接着与方嘉敏下场】

②

【胡杏，与方雨亭背靠背。方雨亭面朝观众。胡杏】这下棘手了。怎么办？

【方雨亭，摘下围巾】拖。万不可惊动军部。

【胡杏，惊】你我二人，如何能行拖延战术？

【方雨亭，笑。突然向前迈两步】方某有一事不明，还请阁下赐教。

【沈罗，傲气】哦？敢问方小姐有什么是不知道的？

【方雨亭】阁下此番前来，怎么看都是来教训教训我方某人的，敢问方雨亭可曾得罪过您？

【此段胡杏自由发挥】

【沈罗】方小姐这可真是揣着明白装糊涂。您心知肚明的，只要方小姐肯与我大日本帝国精诚合作，我的人，马上撤离。

【方雨亭】可我方某一无才学二无财力三无人脉，阁下叫我拿什么精诚合作？

【沈罗】方小姐，据我所知，你手里——可是有长沙的命脉啊！【说这一段时一直绕着方雨亭走，说完接着拿枪抵上方雨亭额头】

（两戏同台结束）

【周桥在沈罗说完话之前上场，枪抵住沈罗后头】你的命，也在别人手里了。稻叶小姐。

【方雨亭，一惊】你……

【周桥】放心，威胁到学校的人，全部都搞定了。【微顿】稻叶小姐，请回吧？

【沈罗放下枪，周桥也就放下枪。沈罗走向后门，中途回头瞪一眼所有人】走着瞧！

【周桥看着沈罗下场，苏玉、方嘉敏上场】老师，没事儿吧。【胡杏向他们摇摇头，笑笑】

【周桥，回过头来看方雨亭，受方一掌。方雨亭】我们当初怎么说的？！

【周桥】我总不能眼睁睁地看着你出于水火之中。

【方雨亭】周将军以为方雨亭乃贪生怕死之辈？

【周桥】人哪有不怕死的。无论如何，面对你的妹妹、你的家人，你不会对死亡产生半点惧怕吗？

【方雨亭】……【甩袖前门下场，方嘉敏追上】阿姐！【胡杏随后】

【周桥，转过脸来看向苏玉】是你拨的电话吧？

【苏玉，有些迟疑】是。

【周桥，笑】叫苏玉是吧？我问你，我们这一代人的使命是什么？

【苏玉，眼神坚定】挽狂澜于将倒，扶大厦于将倾。

【周桥，摇着头笑笑】是她教给你的吧？若我要你讲的具体些呢？

【苏玉，微微停顿】我……我想要保护我想保护的人。就像方老师、嘉敏、胡老师，我也想要保护这长沙的百姓，保护他们不受到……

【周桥，拍拍他肩】哈哈哈！小伙子，你还真像我当年读书的时候。【周桥上下打量苏玉半晌，温笑】那就想办法做到这一切。【后门下场。苏玉坚定一点头，正门下场】

四

【方雨亭摆弄着盒子，最终打开。各种表情发挥。将密信塞到子弹中。起身】

（间隔三秒）

【胡杏正门上场，焦急】雨亭！雨亭，不好了，那伙日本人已经往学校方向来了。【看到桌子上打开的盒子】雨亭你……解开了？！

【方雨亭】胡杏，你带学生们转移。放心，我会让这份密信安全转移到组织所在地的。帮我告知组织——弃方雨亭；保长沙！

【念白】1939 年 7 月 28 日，长沙——

【方雨亭已在台上，苏玉正门上场】方老师，快点转移吧！那日本人马上就要闯进来了！

【方雨亭，背对苏玉，向前走两步】苏玉，我问你，你觉得……长沙保得住吗？

【苏玉】方，方老师……？

【方雨亭，突然回头用枪指着苏玉喉咙】退后。

【苏玉，惊】方老师！

【方雨亭】我叫你退后！

【苏玉，被逼得一步步退后，直到背靠墙】方老师，你究竟是……？

【方雨亭，将枪口移到其臂膀处开枪。苏玉呻吟一声，扶着被打中的臂挨着墙滑下单膝跪地。嘉敏正门上场，一惊，随即扶起苏玉】阿姐，你为什么这么做？

【方雨亭】苏玉，你现在身上肩负的是长沙的命脉……我要你安安全全的，把它带出长沙！【回头】你明白了吗？！

【苏玉，一惊，随即慎重地一点头】我明白了。

【方雨亭】快走。把情报，安安全全地送到。

【方嘉敏】姐！

【方雨亭】等等。【摘下耳环，递给方嘉敏】你之前说过喜欢的，当作纪念吧……记得，毕业了才能带。

【方嘉敏，颤抖着一只手接住，紧紧攥着】姐……我……

【两人踌躇。方雨亭】没时间了。快走！

【首藤乐舍，后门上场】你们三个，可都走不了了。

【沈罗，前门上场，逼向两个学生】一个都走不了。

【方雨亭】两位阁下要的东西在我手里，何必难为两个孩子？

【首藤，拿枪挨个指三人】我这手下可是见识过方小姐的本事了，这一次，休怪鄙人不留情面。

【方雨亭】呵【声东击西，假装打首藤，首藤同时开枪，结果方雨亭转手便打了沈罗。沈罗、方雨亭倒。方雨亭】跑！【两学生前门下场，沈罗倚在前门上喘息】

【方雨亭，起身，被首藤用枪指，方雨亭也用枪指着沈罗】别轻举妄动，当心我枪下无情索了她性命。

【首藤，嘲讽地笑笑，向方雨亭肩头打一枪，首藤】方小姐，你不会以为鄙人会在乎一个手下的性命吧？

【方雨亭】你真可怕……一个冷血的民族是没有未来的。

【首藤】那可不见得……【方雨亭突然夺门而出，首藤同时开枪，方雨亭负伤而逃。方雨亭前门出，首藤无视沈罗追上前，沈罗痛苦地追出去】

【方雨亭，自后门入，自由发挥，走到电脑桌，被首藤指了后脑，顶着枪口转过来，身体滑下，依然被首藤指着眉心，两人间隔一米左右。方雨亭】你死心吧……！

【首藤】鄙人知道，无论周司令官保家卫国的气势还是这成千上万的青年人的舍身报国的气概都很吸引人。但方小姐不要忘了，鄙人也是有国家要守护的。方小姐，我不是个恶人，我也是个军人。我背井离乡沙场浴血，是因为我相信大日本军国主义能为我们的国家……不，不仅是我

142

们的国家，还有你们的国家，甚至全人类带来一个光明的未来。与我合作，与大日本帝国合作，这也是为国家做贡献，这也是保家卫国啊……

【方雨亭，狂笑】哈哈，哈哈哈哈哈……

【首藤，蹙眉】你笑什么？

【方雨亭】我笑你这小日本真是烂泥扶不上墙。

【首藤，蹙眉】

【方雨亭】我等身列军仗，可为死国者，可为殉道者，却万万不能如你一般，沦落为视人命为刍狗的暴徒！尔等宵小所谓共荣，尽是狗屁！天下百姓，本该安居乐业，乐得其所；所谓共荣，该是四海八方，各国官民同心同德，以安身以同生。我等军装在身，更负卫国之责，而绝非尔曹屠夫，于弱者赶尽杀绝，于手足视作弃子，如此暴虐恣睢之军，如何堪配护家国一语？！笑话！【方雨亭说这一段时，首藤神色一步步凝重】

【方雨亭】周司令，是我长沙的大将军，是我们所有人的骄傲。要我害他，不可能！

【沈罗，后门出场，很突然】首藤阁下！小心！【首藤一惊，看向沈罗。方雨亭突然起身向首藤开枪，沈罗也就给了方雨亭一枪。】

【首藤，扶着一条手臂，咬牙走向沈罗】你这蠢货！她如果死了！要去哪里找那封密信？！

【沈罗，满脸张皇】我……我只是看她要杀……【话没说完，被首藤开枪毙命。首藤，冷酷】那你便以死谢罪吧。【此时方雨亭恰好起身，两人又以枪相对，正面相对。首藤】方小姐先前所言不错，我的确冷酷无情。我自小被当作杀手培养，正因如此，我的枪，比你可要准的多呢。【垂眼，压低嗓音】只要我能看见你的枪口，你就休想再打中我。

【方雨亭】那么，你的弱点也就很明显了……【转身朝自己打两枪，穿过自己，再打中首藤】所以……你是看不到这枚沾有我的鲜血的子弹的……！

【首藤，捂住胸口，枪脱手掉在地上，倒，几乎趴伏在地上】不可能……这不可能！

【方雨亭，勉强支撑，笑】对于中国人，没什么是不可能的……

【首藤，去捡枪，被方雨亭用枪抵住额头】你输了。【将枪踢开，拽下脖颈上的信筒递给她】看看吧，这就是你不惜血流成河也要得到的东西！

【首藤，几近疯狂地颤抖着手拧开它，发现里面空无一物】怎么可能……这不可能？！

【方雨亭】这就是你的野心！这就是，你们日本人的野心！终将落空的！

【首藤】不可能，不可能……咳。【倒地，盒饭】

【方雨亭，挨着桌子滑下，手拂天空】长沙……会赢的。

【三秒后，周桥上，撑着方雨亭的伞，冲着方雨亭脱下军帽，深鞠躬】

——————全剧终——————

花间事

我听说很久很久以前，有一株矮花，细茎短萼，却很讨人喜欢——她会对每个时候的阳光以笑颜相迎，受重重高草保护，洁白的花瓣儿上点染着自满地金光的碎屑里偷来的鹅黄，浅浅的，于微风中舒展叶片，好不快活。

她受用一切花儿所爱慕与赖以生存的天赐之物——雨露、暖阳、和风，蜜蜂与花蝴蝶。雨露顾她叶片单薄，不尝重责其肩背；暖阳怜其茎萼细弱，不曾以怒目灼视其身；长风惜其扎根太浅，经不起摧折，每每触碰，必减缓七分力道。蜂儿与蝶儿最是可爱，他们不愿辜负这点娇弱的白瓣儿小花，因而时常照拂。

是了——红玫瑰的雨露，葵花的暖阳，铃兰的柔风，属于群芳的柔情蜜意——

在这小小花儿周身之外，围墙之外，长着一株风信子——本也是娇美的花儿，却不被赐予周身的城墙。

紫色的花瓣儿缎子似的，像是甜牛奶与蜂蜜搅在一起，叫人不经意想要接近，想要触碰——

她的颜色并不惹人怜惜，乍一看，似是个有点不好接近的美人儿呢。她受过暴雨的摧折，烈阳的炙烤，强风的压迫，当然，少不得蜂与蝶的背弃。

不应该啊。

可这群芳竞艳的地儿有什么该不该呢？全看个人造化与手段了。

直到属于风信子的那段清风也被偷了去。

不知情的高草可是帮凶啊。

风信子一如既往，她的颜色不因过往的伤痕而消散，她的脊背不因风日的无情而弯折，她的根扎在暗无天日的土壤中，一日强比一日。

一时间，那圈丰腴的围墙渐渐瘦削了。

可笑的软脚懦夫，就这么在水土的争夺之中折腰。

肤浅的小花儿还没些觉察呢——她的城堡正在一点一点，土崩瓦解。

直到她的脸因为失水而变得皱巴巴地，她的圆圆的叶片因为养分的缺失而枯黄，她不再可爱，不再招摇，不再讨人喜欢——

她将头埋入昔日城墙的断壁残垣里。

那朵受尽呵护的小花儿就这么凋零了。没了。

雨露与阳光，柔风与蜂蝶，正忙不迭地以最美好、最奢侈的柔情蜜意向风信子小姐投递目光呢——

紫衣的花儿不屑一顾。

她比从前更美了。蜕变在他们不曾投以目光的时候。

今天，风信子依然叫人惊羡地绽放着。

花落春仍在

人死如灯灭，时过随境迁。但人西逝后必有其传承者，一个时代的兴亡定会于史书上或轻或重地镌下一笔。就好似那林花谢了春红，匆匆辞谢人间，却犹有香满乾坤，春还未远。

东汉末年，是为乱世。三代之后，官场浊流纵横，礼崩乐坏，不下春秋。曹操狼子野心，昭然若揭。却有荀文若一介簪缨文臣，于旁规劝，屡以死谏。又以八斗高才，倾力以助曹操平北方，成大业。奈何始终难守，曹、荀二人终非同路人，既殊途，便与那走到末路的汉家王朝共死罢！——我从不吝于将荀令自刎一举作殉国事，自戕不下于自辱，然正身者如何作辱国事？斯人已逝，然此一重"大丈夫安能谋君窃国与小人共事哉"的千古气节从未于史书上淡去，与那"荀令十里香"的佳话一同，于青史流传中明明灭灭。

　　同是三国之士，同为汉家朝臣，南阳诸葛先生何尝下于荀令君？——且不论那介于史书与演义中尚无定论的智谋云云，诸葛先生的政治品格也足以使之名垂青史。他，凭一身文人弱骨、碧血丹心，为三代之后逐渐肮脏的政治体系注入了一股清流；以一身大义昭昭，使尚已飘渺虚无的政治童话有命复苏——这种影响所带来的震撼是无穷的。你很难说，如果没有诸葛亮，还会不会有慕容恪、王猛，还会不会有李靖、岳飞，会不会有文天祥、张世杰。一如若无管仲、乐毅，又是否会有如此才绝千古长身报国、鞠躬尽瘁死而后已之诸葛亮。终，先生以出师一表，千古绝唱，请愿北上，身死社稷，全忠烈昭彰之名。先生去了，再后来，季汉也去了。然锦官城下，绿柏犹森，花重依然。锦官城人，皆赞贤相，人人起敬，芳名永传。似是故国草木不枯，山川未远……

　　时过境迁山海错，物是人非事事休。沧海桑田如此，遑论渺粟一人？那个短兵相接的时代业已过去，当年大将纵马横执的八尺长刀，要么形销骨立，要么追主长歇。我们许久不曾见沙场雪亮，马蹄声阵阵。世道和平，人家安然，我们已无需也不需忧惧兵临城下之危。铁马冰河无意叩窗入梦，挑灯看剑已成故事。但在那个时代淬入骨血的炎黄之魂远了吗？不——"犯我中华者，虽远必诛"的大国雄风几经浮沉，自固若金汤的城池与歃血长刀中传至我国旗帜猎猎、旌幡不落之上，且看我国军仗华仪、海晏河清……家国情怀、同袍之泽、赤子丹心、忠士之骨，从未自我辈人的筋骨中打去，寸寸消磨不得！观我今朝，为我中华后人者，自慷慨，自热血，自壮志，自豪情。金戈尽折、壮士卸甲，然先人沙场中撼天动地之卫国气概，从未远去。

史书中各色的花儿又落下一朵，那清气自芬芳，从未消减半分。我自传书与后人，共看春花开落，深春未远……

为人者

隐忍者

　　我宁愿将喉头蠢蠢欲动的黑整块咽下，不惜与其同化，也不愿意让那黑色的过往喷溅出半点来伤人。

再起者

我将我骨子里的黑狠狠剜出，炫耀似的拿给天底下所有恶人看——这既是我的武器，也是我的外衣。只有对此毫不避讳，才能与过往平起平坐，甚至驾驭它。

重生者

我对这世界恶语相向，并不是我已经对我所生活的地方无比绝望——我讶异于这世界肯收留如我一般黑到骨子里，空披着一身干净皮囊的恶人，我想它本与我一般黑——如今我才发觉我错了，这世界本是在救赎我，它收容各色的人，导演各色的事，只为让如我一般曾经为人所伤，又仇视过往的人们——得到救赎。

觉醒者

我从前很费解，为什么命运偏偏要掐着我不放——其实是我错了，是我自己放不开自己的喉咙：我惧怕恶浊空气蚕食我的嗓音，也生怕我的喉咙发出为世人所不容的声音——我进退维谷，犹豫不决，到头来不如废掉这双早已与世界同化的手，任凭这被小心维护的稚嫩又压抑的嗓音，任它吼，任它叫，任它高歌，去跟这污秽不堪的世界相搏。

滥情者

"当我吻你时，你就是我的情人。"

在这个接吻泛滥而廉价的时代，爱情也沦为不值得歌颂的物件。但我会认真的同你拥抱、亲吻，但分别时什么也不留恋。

当我吻你时，请别怀疑心跳加速的真伪。

可临近分别时，不要纠缠，

——我不爱你。

清醒者

我不会喜欢她的。

我对她是抱有欣赏的，欣赏高于单纯的喜欢，喜欢是玩味的——若我真的对她有了这种近乎亵渎的情感……那么她在我心里只能是降格了。

幸存者

不要妄言任何一个横死的人

他们挡下的祸患 可能本在你我之间徘徊

自洁者

我甚至不敢在黑暗的地方喝水

我怕掀开杯盖的那一瞬间

黑暗便趁机溶于水中

咽入腹中 渗入血液

我也成为了黑心的人

无主者

站错了队，却还要怨恨排头吗？

心盲者

我身边的人都是很温柔的人，可惜我得眼瞎了才能看到他们的温柔。

独行者

"我并非陷入深渊的人，我身边的人十有八九都是深渊，我太清楚了——不管我投入谁的怀抱，大多是粉身碎骨的下场。所以我从不奢望，也从不要求有什么人在我身边。这是我自己选的路，没资格要求别人跟我走下去。"

伪装者

距离，熟识，亲密，疏远，陌生。

单曲循环般，让人无所是从。

为的是不让他人看清我的劣根性，我的阴暗面，我埋没在肤骨下的偏激和歇斯底里。

害病者

医学上心脏并不会患有癌症，但我想是有的——别名叫相思病。

眼盲者

你以为我是瞎子

就看不到你的刀指着我的心脏

你不知道

那刀的寒气

你笑的时候嘴角逃出的一丝讽刺

你说爱我的时候的咬牙切齿

我都知道

劣世纪

皮囊价贱

"女人，别纠结于短命又低贱的容颜，趁还有把力气记得将最拿得出手的东西攥紧咯，无论是权力、地位还是本事，都值得无数副皮囊付之了。"

过活

本没有那么多好顾及的——喜欢的与不喜欢的，中意的与避之不及的，过往的与未知的——历历数来，都是自己的一把骨头，最差也得是一块肉、一段血。

喜欢便粘着，讨厌便避着。这才叫神仙一般的快活日子。我想活成神仙，快活，我乐意。

我生就凡胎肉体，会累、会挫败、会犹疑，但要睡过一大觉，便还是才下生的样子。

我说

"失败过，沉沦过，挣扎过，
这都并非不堪回首的往事。
唯有曾以失败之毒浴身洗喉。
方能于大敌之前昂起头颅。"

劣世纪

世人最喜欢的事就是以五十步笑百步。习惯用最卑劣的眼光去揣度他人的行为目的，轻蔑地放声狂笑。转身却又开始悲春伤秋，以自身不知所云的悲痛为借口干一些前一秒耻笑过的勾当。

劣世纪之二

往往而言人就是这么一种低劣的生物——你记得住的永远是庸脂俗粉。因为她与你级别等同。

新桃花源

日出而作，日落而息。桃花源人骨子里的逆反和疯狂已经被磨得消失殆尽。或许有一个人，从境外风尘仆仆的来，一把火浇灭了伪装。

叮

蚊子从你的血液中吸取的不仅是它们的营养，还有你的情绪。

所以每拍死一只蚊子，世界上就多一点关于你的逸散的情绪。

那逸散的情绪中是你对他人产生理解的几率。

多拍蚊子，收获爱情。

演

"为了将世人骗过，
就要做出世人的样子。"

无头日记

谦卑地聆听着那些让人站着都能睡着的蠢话。

今天的燕麦没有跑开，稀稀拉拉的。米是米水是水。像极了贫民窟的救济粮。

情书

我不算不争不抢

更不避讳追名逐利

我厌烦劳费心神又无益的结交

但我愿守着我的旧友

我也不是个心肠太软的人

但我的血液温热　脉搏跃动——

我并不激情澎湃　但亦有所爱

我愿他们被整个世界　温柔以待

劳烦　不要动

我放在心上的人

配偶

算计了小半辈子，自觉将人玩弄于股掌间的快感是最无与伦比的兴事。谁知一朝自甘堕落，由救世主坠为堕天使，玩弄把戏比三餐更成为常态，手上沾的几辈子还不清的人情债，破罐子破摔地将自己这尊裂纹横生、命在旦夕的废器自命清高地摆在雕花橱窗的最高层，却愚昧地企及着地下品貌更加不堪的残次品——

因为那是能填补这一身里里外外的伤痕的，有温度的，是我有资格要求的——

哪怕是"残次品"。

苦

"不入相思门，岂知相思苦？"

"最苦的不是相思啊……"

"最苦的……？"

"他爱我入皮，我爱他入骨。"

望海

　　暮色四合，但凡沾染的昏光的阴影，便再也退不了场。

　　就像生长在海边的槐花，被咸湿的海风毁了容，深入肌理——味儿也就变了。

贵

任何东西都是会增值的——就连儿时廉价的欢乐，现在也变得千金难求了。

千金难买爷乐意。

愿见雾散

　　世界上所有邪恶丑陋的东西都是雾，世界上所有善良美好的东西都是风。那么，当风把雾吹散了，是什么呢？是现实。

光

如果这世界上有和我一样的人，我就让他当我的光，我的正义，我的创世神。因为他定会永远爱我所爱的，恶我所恶的。当这世界上唯一不与我抗争的人。

一十六

诗意

诗意的最高境界，便是让俗人迫不及待地扒下避之不及的"俗"。

慰

苦难既然把我推到了悬崖的边缘，那么就让我在这里坐下来，顺便看看悬崖上的流岚雾霭，唱支歌给你听。

关于看天

看天又有什么用呢？——最无情的便是这占着好地方看戏的老天爷，你举目求援，他能给你生生把眼泪逼出来。

拍古人肩

望星

珠玉跌盘锦扑朔，

渔舟追云立桨拨。

不羡危楼高百尺，

惟羡仙睡枕星河。

往国外一处，见星云胜丽锦，羡之，奈何欲求不得，惜哉！

一剪梅·道贺乐乐

梁上燕燕相鸣啾。

不消阳春，但消无休。

深恩一拜四十秋，

春容不复，秋实依旧。

清酒一杯歌一遍。

交盏言欢，长乐消愁。

酬我嘉宾祝今生，

一拜长命，二拜无忧。

——题于外祖父母结婚纪念日迎宾酒瓶上

梅者

白梅恃傲骨，

奈何败春寒。

戏谑风苦雨，

折骨凝脂残。

凌寒斩西雪，

不惭万口传。

更分暗香者，

孰人青眼看？

英雄不以成败论。有李青莲"纵死侠骨香"一说，便不惧肉身毁尽。孰是孰非，自有青灯黄卷作断。功过后人说。

琴师

挽指扶琴横膝跪，

风袭余音意中亏。

看客四散弦不寐，

独此背俗谱上罪。

一弦一叠一眼泪，

烧酒洗润十三徽。

人亡指咽终不悔，

绝响吐尽赚玉碎。

　　梦回古人间，偶见一男子负囊而行，不过立年。仪形清癯，鹤颈松脊。行至酒肆，解其囊，囊中物止琴一把，无谱。其式焦叶，成桐削成。少顷，散音几拍淙淙越嶂而来。身处明夏，而足下曲水卷落枫，甚奇之。俄而风疏雨骤，叶沉成泥，曲水作歇，身背受雪承霜，肩重不起。蓦然，风乍歇而行云止，才晓误入曲中，可笑多情曲中人，大抵不解其分量几何尔。惊见抚琴人提酒润琴身，合光乍见一品颜色，遂叹止。谓余微人矣，如何解得入梦人梦深几重？止痴人说梦也。

江城子

中护军郎眉清霜，东浊浪，西无疆，悼曲付君，死生赴豪肠。

江左风流匪君子，误指唱，美周郎。

佳人国色世无双，西风凉，发渡霜，多情佑我，家国永世昌。

嫁衣颜色犹业火，寐西窗，念儿郎。

排行老末的英雄都有后人口舌称道。可怜乱世佳人，与英雄同处一室，身后同是烽火河山，却多徒留个单薄"美"字而已矣。

思塞下

漠上刀击战未熄，
金乌明灭烽烟起。
安得策马天下计，
京师六发灭西夷。

梦入塞北，关下遇敌，遂短兵相接。刀重，鼓战，角声满天。记此梦而作。

塞下月望

月隳荒城城赖山，
横戈纵马半不还。
恨白满头独独望，
将军空老大萧关。

续上。

初雪·其一

起时讶见雪压屋，
乱抖重锦碎絮出。
忙端绣针逢出去，
且教拙手补仙服。

初雪·其二

好雪解冬哀几重，
乍起偿冬春絮浓。
非是不喜凉薄色，
身轻不解沉身愁。

赤壁思怀

天演赤壁血鏖战，
碧落黄泉与君观。
纵使传名周郎在，
难唤难换君归还。

有一说法，说赤壁一战的东风，为讨逆将军所化——助周瑜取胜，护江东安平。那么孙将军，您可看到……赤壁天火了么？

过长安

铮铮诗骨三百篇，
提笔相谢好人间。
落纸天地施浓淡，
笑执醉笔三牡丹。
姚黄魏紫烦耐看，
莫如明月楚衣衫。
遥问明月讨笔墨，
年少东逝远同观。

梦见李太白兄，逐其翻飞衣袂，竟不废一夜以走大唐，好不痛快。
想来道旁景色各不留人，应是太白兄一生萍踪。

侠客游

狂醉尽吐胸中墨，
长恨闲走白骨泊。
恨罢饮干千江血，
一剑寒霜谢千拨。

侠客快意恩仇，却不知究竟算不算得自在洒脱。
为人者，必肩有爱恨，必踌躇进退，且都不是一剑可了得的。
愿脚下生老病死，肩上清风明月。

思归难归

莫莫萋萋山色稀，
越陌度阡此分离。
壶涸酒干寻无度，
莫得一处是故里。

梦中骑驴，且行且跛。未知归处，酒干所云，大抵有意而无心之调。
不足乐。

忽来梦

一枕黄粱千江涸，
平生几回梦南柯。
寒江雁雁排风去，
盛世无处不欢歌。

吾乃多梦人。
梦中盛景，愿此生得见。

好景谁看

伤心抛却临风弦，
寸心敢为天下先。
春荣秋枯都耐看，
何须踏寻敬亭山？

天下无第二个苏杭。何必一味求盛景？——心在山水间，半亩方塘也可作西子湖赏玩。

分道

中道扬镳负年少，
分时频说好难消。
纵教鸿雁莫相弃，
难堪昨日换今朝。

——别友人，感怀而作。

无题

灼灼桃花傍枝桠，

沃若流水自归家。

双鱼乘水东山下，

桃花不渡水无涯。

有一友人，中了书里河畔桃花的景儿——我这去将她捉出来。

不归

君子既逝，远不可追。

故人入梦，辗转难寐。

昨日舒城，共醉千杯。

思归难归，无以言对。

执君符瑞，扬扬我麾。

何日得见，赤乌腾雉。

山河称臣，日月争辉。

我马玄黄，思戈难为。

大好河山，报尔笑微。

赤壁煟煟，汤汤以归。

强虏诜诜，烟灭灰飞。

千金一诺，锦字成灰。

非瑜背诺，天命难违。

....

江东有二郎，孙郎与周郎。

观史几年的其中一个坎儿，过不去，也不消过去。

十年一诺，两双英豪。江左南北，大好河山。

携深春

杨柳依依春色歪，
歪进春水泄入怀。
罥罥松枝折鬓发，
误看玉兰认新槐。

家乡里无盛景，小山小水却星点子似的，满地地撒。
便写暮春时节，入山访友所见。

难双

自君别后，山高水长。

楚江断红，妖娆眼伤。

满城风烟，穿庭过廊。

一江南北，傲雪凌霜。

忠魂未远，试我衷肠。

伏惟尚飨，享我烝尝。

君身已远，璧玉难双。

幸承君业，策马四方。

远镇江左，西拔无疆。

卫我家国，固若金汤。

笑领百万，江东才郎。

玉辔红缨，紫电清霜。

江北雨燕，剪剪成双。

也颉也颃，使我沦亡。

江南地多雨燕，多小楼，多烟雨，多愁思。

江左的烟水气里容不下滚滚狼烟，却足以驱策狼烟里滚出来的将军。将者亦难逃呐……

承君愿

嗚呼先主，白帝永别。悼自神伤，悲哽几绝。受君遗愿，只手回天。南抚夷越，北定中原。但为君用，尽交残年。

嗚呼先帝，白帝永诀。悼自神惘，悲哽将绝。承君遗志，斡转星天。盛衰存亡，独担两肩。但为君恩，付此残年。

嗚呼我主，白帝死别。悼自神丧，悲哽复绝。怀君恩典，力竭精殚。死生无悔，不愧苍天。但为君故，肯罢安年。

容学生先唤句"先生"罢。

先生。

白帝城托孤，这要命的第二道坎儿，困死个人哟……

诸葛先生，可说是我之白月光了。鬼刀消磨不得。

赞词不消赘余，而自有分量取。

先生功名千秋。

卜算子

复抱瑶琴谱，却步失昨路。

绿蚁半冷能消无？知我一双兔。

山上寻三窟，山下双碗无。

空我欢喜闲拨柱，心弦谁人录？

一个失意琴师，迷迷撞撞拐进个小山上，绿蚁新醅，却揪个兔儿唠嗑消闷。兔儿脱手，寻着人家老家去，俗话说的狡兔三窟——兔儿没捉着，空手下山，又遭人偷了酒。得，自个儿弹弹小曲儿别了这日便是。

长相思

欢一秋，悲一秋。

半枕凉薄咸自饮，往事绵绵休。

喜烦究，恨烦究。

桑间何月两相求，阑干两江流。

拟古人意作片闺怨，没几两意思。

水调歌头

王谢廊中燕，东西哪巷迁？宵娘酥喉千遍，百般听不厌。
家仇国恨烦面，掩埋美人枕鸳，哪堪细喉咽？但拥红尘软，
懒管李家天。

翻酒卮，又泪眼，恨难眠。莫掌红烛，放我纵情身死前。
纵我俯仰万念，不胜悲咽约略，怎求两无嫌？醉生饮恨晚，
梦死同穴眠。

"三十年来家国，八千里地山河。"

怨不得李重光，就如同那个靖康皇帝一样——皆不是做君王的
材料，却都有死哥哥的命。

幸，梦里花常开。

望月

无伴无声天色荒，
偷折梅花半枝香。
常揽炭酒浸明月，
赐酒同赏无味光。

凭什么被分食的总是美酒？我偏不——来，酒哥哥，咱将这不
死不灭的清闲月儿分了尝尝！

水调歌头

　　天下人皆子，翻覆肯落盘？赤子凡念尽干，何赚今贪婪？早把机关尽算，肯讨俗人心欢？惹我恨阑干。弄罢魂枯槁，闲敲黑白丸。

　　哂萧风，抛冷眼，彻无言。圆荷不锁，泪眼池底枯骨眠。纵是命数算绝，难明一字情焉，休怪旧盟寒。黄泉不得挽，碧落亦相缠。

声声慢

　　无悔落子，天下如棋，一步三算休戚。乱世不由狂子，屈了双膝。一酹二酾三酹，付了东风奏一笛。怎堪数，久别离，山重水复几万里。

　　苍翠山水不移。满处是，春光碎了满溪。杨柳还依依，井背乡离。那堪信手折柳，到头却、死合生离。短檠灭，望眼去哀毁骨立。

忆秦娥

铅水泻，阑干断脸胭脂谢。胭脂谢，陈膏败色，茕茕孤子。

闺中复秋心千结，楼外春深妾不觉。苦不觉，窗绡弄破，生面青雀。

闭门思征人，顾不得，桃花憔悴。古来幽居待征夫的女子不下于无定河边骨。

铜镜不忍告岁月，春去春来，可怜雀鸣唤起梦里人——原来，春已老。

重五三叹

宁可天中不赛舟，

宁可重五无假休。

不闻屈子投江恨，

不知汨罗无情流。

谢师恩

我心非石不可转，我心非席不可卷。

皓魄长圆非怕挂，夜海青天敢直言。

诗书礼易扪心问，观书悟道负青天。

灯前月夕常开眼，长夏余冬炉扇罕。

不惟金玉昭其质，亦且冰雪方寸间。

师比屈子才相细，高徒才生伙高贤。

复距至圣又难攀，惟德诚拍古人肩。

学海纵横蕴千巧，书山捭阖路漫漫。

七尺讲台未可舍，八百圣书不受偿。

俗人口舌何必论？冷眼几记定狷狂。

黄卷不作护国事？笔墨当刀纸缝裳。

寒来不退又暑往，秋收未满冬已藏。

风过疏竹无痕迹，雁渡寒潭水茫茫。

感君五四三年意，惟将三四五诗行。

愚生驽钝不善才，比及宋玉霄壤别。

减师半德惭形秽，三分实学报恩泽。

敢怀丹心对明月，势较昨朝云泥隔。

切磋琢磨出妙手，春蚕丝事傍身侧。

冰寒于水成于水，青出于蓝胜于蓝。

桃李不言遍天下，下自成蹊万口传。

莫笑吾师早白头，教书育人天下先。

不知所言因难报，昭愿福寿两双全。

惟将案卷长留意，报答圈点为良言。

祝公桃李天下遍，来日名士受公传。

——七年逢教师节而作，赠我恩师

雨霁

云白风清山几重，
千叠斗开雨朦胧。
画师耽披绵云氅，
神笔一眼胜天工。

云上画师执个笔，描个秀美人间。
幸生于天地，可得见焉。

祭七七

七七忠骨卫河山，
八十载后犹未寒。
大好江山今何似？
但向青山宿草瞻。

首夏出行

无名新花抱枝桠，
碧水沉玉谷抽芽。
窗楣寂落寥鸟雀，
尚有三五好人家。

归程

大鳢避饵不上钩，

小鱼扑饵恐鳢偷。

合不合味都一笑，

明年今鱼卧盘中。

故人新辞

曾教一双比翼飞，
西江月碎谁作陪？
故人辞去无留意，
不肯停我酒一杯。

睡起惊雨

花重枝垂红露突，
得天赏我雨水福。
疑是天女喜得宝，
失手摔破水晶珠。

相忘

志不扬名不还乡，
天教分付美娇娘。
江湖儿郎江湖死，
哪堪醉生温柔乡。

旧地游

山颜水色惹人归，
阔扇生波浮萍催。
误拟此是三峡路，
拂头烟柳抱魂归。

祭灵均

吊君开山，九歌九章。

九歌天行，九章无双。

我肠寸断，我心贞刚。

侘傺奈何？能碎离谤。

吊君离骚，名盖宋唐。

太白思追，名动四方。

吊君殉国，抱石投江。

荆楚南北，江头跪长。

一身沉江，万人怀伤。

吊君文辞，风骚无双。

黄发垂髫，皆诵国殇。

痛哉惜哉，不生宋唐。

不遇李生，无人演章。

呜呼哀哉，不事楚王。

不拜屈公，不受教方。

惟羡宋玉，不为东墙。

若为同窗，当并九章。

若公有灵，享我烝尝。

屈李仙逝，无堪寻访。

游华清宫

飞燕碧亭瓦头红，
七夕私语陪瓦崩。
书生只识诗中字，
何如亲看华清宫。

登兵谏亭

石净字赤镇斜风，
浩然正气天地中。
壮士英灵今何在？
兵谏亭下独空空。

观杨妃像

海誓流无从，
山盟付中风。
玉砌花颜冷，
门闭殿前空。

武陵春

镜花疏影挽伊去，划袜下香阶。

阶数未三步步难，伶俜满目言。

我薄情非我嫌，月老苦人寰。

人家嫁衣忒伤眼，偷香事无我缘。

观史有感·其一

气吞万疆破刘戎，
力拔山河震天公。
霸王铁甲犹未冷，
虞姬怎堪入汉宫？

安史童谣

余乃高公侄，娘唤高召友。

家有人五口，久住睢阳东。

小妹尚褓褓，家父随舅征。

男儿肩横槊，誓平杨家祸。

家中三小童，全靠娘填口。

罗裙不蔽膝，长发无洗梳。

父在西头战，母在东头期。

西风动地过，吹儿儿忧极。

忧父无衣穿，忧父子一身。

寒气朝父边，衣到不知处。

问我舅者谁？乡邻赞高公。

与舅同行者，哥李颜封郭。

来年得表字，子回子回兮。

问母意何为，意喻盼君归。

一剪梅·血月

　　天中血战动人间。仰目幽忧，惧伤月仙。惹得杞人心惊颤，天上偏箭，射落人间。

　　斗中不解哪家迁。血光暗淡，本色初现。人间乍起风割面，天将不喜，偏走眉边？

为汉唐三篇

我愿重回汉唐，再奏角徵宫商。

着我汉家衣裳，兴我礼仪之邦。

我愿重回汉唐，篱下白露为霜。

习我商周礼长，不愧孔孟之乡。我愿重回汉唐，纵马横
槊沙场。

卫国山高水长，续我盛世华章。

"着我汉家衣裳，兴我礼仪之邦"，此一句于汉服爱好者间传唱
不休。正逢了个机会，便提拙笔，擅作主张填个完全，图个完满。

年·其一

盘盘好味续盘盘

宴宴张灯结阑干

百折春色陈酒里

劝君杯满相尽欢

年·其二

一恩一恩还一恩
一轮一轮送一轮
爱爱相守新岁里
一春一春又逢春

年·其三

窗上旧符换新桃，
楹联倒福挂高高。
铜锣花鼓好热闹，
百发爆竹惹邻瞧。
饺子蒸鱼桂花酒，
笼屉腾腾蒸年糕。
愿君来年行好运，
年年岁岁乐陶陶。

年·其四

新芽荣发红鲤游，
爆竹声消去年忧。
春风复来辞霜雪，
火煨老酒话无休。
饮断今夜良宵酒，
快活珍馐点香油。
南北华胞共良夜，
喜迎吉瑞临九州。

闲话醉翁·其一

春兰秋菊夏萤风，
卿月切切百官声。
几时仗窗话南雪，
梅落亭檐白头翁。

闲话醉翁·其二

玄度金乌战明楼，
初更青门望兔钩。
秋弄清蟾春丹景，
经年亭下赏箜篌。

闲话满井

龙鱼吟鳞新柳挨，

持觞偕风惹尘来。

飞鸟缱绻痴风月，

我与梅花两头白。

缘说

白鳞在渊吟月钩，
红豆南国未安骰。
客行萧飒秋寒去，
不等雁字满西楼。

少中秋

醉酒相思疏烙纸，
广寒清光初生时。
人家莲蓉月光饼，
明月丹心知不知？

别秋

娇儿稽首拜，
烟火长生开。
残菊催雪尽，
犹有暗香来。

七律·长征

四渡赤水风云黯

回肠荡气五岭寒

豪言泸定决分晓

不入岷山誓不还

七百昼夜赤子心

谁主沉浮天地鉴

岂畏此身葬神州

血染长河鬼亦雄

此去

风发江上别辞年，
山河万里一面天。
几味乡音伴君去，
依风自作片花言。
问君何为难少钱，
琴音琅琅达故亲。
年少初识天涯路，
老成上居九州连。

江城子·长征路

壮士肝胆不会老

戴星月，存芳草

赤子丹心，将士心似刀

半壁河山沉血海

风雨夜，战未消

万里长征行路难

君行早，路迢迢

如贯山岳，两万五千里

不动不倒才称好

孰是非，后人瞧

减字木兰花

风从云合
不动不倒凭雨迫
军令如山
长身御守家国关

归家几时？
月漏千家迷金地。
此心所安，
明朝再斗阵云翻。

长欢歌

　　蜡蛴玉颈歌犹酒，笛耳求求入青丘。商王司空倾城色，不曾梦去几多留。帝辛沉湎苏护女，之中种种有谁知？世说妲己入朝歌，桃花难写婳婳颜。惑乱君王废铁马，指笑炮烙断金戈。媚骨孽嬖惹君怜，从此朝上唯妇言。

　　纣王鹿台断魂后，幽王烽火戏诸侯。千军倒戈搏一笑，城楼四卜敌不见。却闻狼烟无端起，犹战沙场血海中。

　　一代贤主汉世宗，难逃钩戈夫人颦笑中。月盈欲亏水满溢，巫蛊祸起断长情。三十八载长秋门中玉颜空！长女埋香三未斩，未央宫铃不能瞒，长剑瘗玉空长殿，长夜沾湿泪阑干。回首椒房无主人，不过史册一笔乱长安，武帝不曾负子夫。

　　开元盛世唐明皇，醉生霓裳羽衣舞，九重城阙生玉骨，马嵬坡下葬花魂。渔阳鼙鼓破长歌，春宵长梦断长生。

　　此恨何时已？直教君心怜我歌。

如月歌

独酌花间唐夜月，罢却金樽未成眠。青海长湾邀云海，征雁亡蝉斗寒天。回看盛唐时，先有太白诗曰玉盘散珠少时言，后者子美抛却明镜问天是何年。

银麟盔甲兵罢酒，长弓卧夜破青天。折戟沉沙血未掩，问我何时度阴山。可恨浪行千万里，拍尽天涯赤子心。赤子未归肠寸断，直教明月寄长情。

铜镜妆台佳人老，吟风写月才子莖。迟迟钟鼓广陵舞，却话君心胜我心！问侬归期问归去，不知清蟾几如玉。

弦月隐兮弦月黯，天长地久不曾离；兔钩十五满一夜，恰如侬自梦醒自愁情。吾从明月本无心，从此来去不许期！